賞析詩作評論集

趙 逎 定 著

文史哲評論叢刊

文史哲出版社印行

國家圖書館出版品預行編目資料

賞析詩作評論集/ 趙迺定著. -- 初版 -- 臺北
市：文史哲, 民 101.07
　　頁；　公分（文史哲評論叢刊；3）
　ISBN 978-986-314-044-3（平裝）

1. 詩評　2. 新詩

821.886　　　　　　　　　　101014301

文史哲評論叢刊　　3

賞析詩作評論集

著　　　者：趙　　　　迺　　　　定
出 版 者：文　史　哲　出　版　社
　　　　　　http://www.lapen.com.tw
　　　　　　e-mail：lapen@ms74.hinet.net
登記證字號：行政院新聞局版臺業字五三三七號
發 行 人：彭　　　正　　　　雄
發 行 所：文　史　哲　出　版　社
印 刷 者：文　史　哲　出　版　社
臺北市羅斯福路一段七十二巷四號
郵政劃撥帳號：一六一八〇一七五
電話 886-2-23511028 ・ 傳真 886-2-23965656

定價新臺幣二二〇元

中華民國一〇一年（2012）七月初版

自　序

　　筆者自 1961 年發表〈懷〉一詩於《自由青年》以來，對詩的創作、詩的賞析評論，以及詩的相關理論均曾多所留意、注目；尤其在新詩論戰之時，更是汲汲營營於汲取詩之養分而廢寢忘食。

　　茲今整理已發表相關詩之賞析評論文章，自第一篇〈非馬《在風城》的感受〉於 1975 年 10 月完成以來，不覺時光倥傯，倏忽已過了四十幾個年頭了。

　　考當時所以會去寫詩的賞析評論之類的文章，應以詩人陳千武先生於非馬發表其處女詩集之時，寄來非馬的《在風城》詩集，並內附一張台南市政府印贈的「台南中山公園」的風景明信片（沒貼郵票的）稱：「非馬託我奉上《在風城》一冊，敬祈寫一篇短文論評或讀後感，於 11 月 10 日前寄給我，謝謝，謝謝。祝安。」以下署名為陳千武。陳千武先生在詩界，是一位值得尊敬的長者，彬彬有禮，又有溫文儒雅之風，又喜提攜後進。

　　非馬《在風城》詩集發表後，不幾個月的時間，大概有陳千武、李魁賢、林煥彰和筆者等為其寫「短文論評或讀後感」之類的文章，而於《笠》詩刊集為專輯發表。而在筆者所撰的〈非馬《在風城》的感受〉一文裡，共探討了〈鳥籠〉等七首的作品，而其中所探討的他的詩作〈圓桌武士〉、〈鳥

籠〉、〈通貨膨脹〉及〈裸奔〉等四首詩，在後來的其他人對非馬的詩作品的賞析評論文章上，亦是經常被他人提起賞析論評的，足見好詩是有目共睹的。

而自此之後，以迄 1984 年以前為止，筆者合計完成了非馬、郭成義、李魁賢等詩人作品之賞析評論文章各二篇，而對楊喚、傅文正、巫永福、李昌憲、林外、楊傑美、陳坤崙、黃樹根、趙天儀、陳寧貴、蔡忠修及和權等詩人作品之賞析評論文章則各有一篇，所探討之詩作作品合應有 53 首之多，都為本集〈賞析詩作評論集〉，為該系列作品之第一集，其他後續作品將陸續推出。

此外，因其篇幅尚嫌微薄，因之加入拙作〈文學、藝術與人文素養〉一文。人文素養不但是文學創作者所應積極追求的涵養，也應是全人類所有的人均應積極培養的哲理之一。而人文素養也是個人近十年來經常提及的，也是個人大力鼓吹的人生哲學之一。

並自 2004 年起，以迄 2008 年為止，筆者又陸續的完成對曾貴海及江自得各二篇的詩作品之賞析評論文章，而對莫渝、巫永福、趙天儀、葉笛、白萩、黃騰輝、鄭炯明、陳明克、李長青、陳銘堯、謝碧修等詩人及筆者個人之作品賞析評論文章也各有一篇，則將另行結集。

本集〈賞析詩作評論集〉之編排，仍依作者結集出版之作法，大致上係以按其刊登日期為準而編排，以便於讀者瞭解其演進脈絡；並於結集出版前，先行再予潤飾。

趙迺定謹誌　2012.05.28

賞析詩作評論集

目　　次

非馬《在風城》的感受

　　非馬出版《在風城》詩集了，非馬的詩，大致上是詩短，其意象跳躍、機智、風趣、挖苦；在此處，個人以其詩中強烈的「思維的遊戲性」，亦即詩之機智性，及其「圖畫性」，亦即景物的佈局，來舉例詮釋之。

　　就「思維的遊戲性」來看：非馬《在風城》所收列之各詩題，概略的來說，其中有許多的詩篇，係以極端的對立在做一種思維上的遊戲，讀來出其不意的，會令人錯愕、莞爾或者驚喜的了。

　　而其詩篇通常係由平淡無奇起首，係運用一種讓人墜入「慣常性」思維的反應之後，再以「反慣常性」來敲擊人腦的思維，讓人瞿然而驚，而對「慣常性」的思維加以修正，而達到一種詩的延展性與驚奇性。

　　而就其「圖畫性」來看：非馬《在風城》所收列各詩篇，概略的來說，亦都是深具圖畫性，亦即非馬是運用其詩的語言來營造出一幅幅的畫作，是以詩來描繪一幅可經由讀者思索後，予以轉化而構成的畫作，而那就是一幅幅各具動態美的畫作了。

　　對非馬此種在詩藝上的造詣，不得不讓人訝異於非馬對詩意象再造功力之深厚了。而以「思維的遊戲性」來看，筆

者可舉書中的〈圓桌武士〉、〈鳥籠〉及〈通貨膨脹〉等三
首為例來說明；而若就其「圖畫性」來看，則可舉出〈裸奔〉、
〈致索忍尼辛〉、〈構成〉、〈老婦〉等四首為例來說明。
以上前後合共詩作七首，詳列於後：

◎圓桌武士

在巴黎和談的大圓桌上
爭吵著誰贏得了
美人的心

——挑在他們尖尖槍矛上
滴著血的
美人的心

〈圓桌武士〉起首的「爭吵著誰贏得了／美人的心／
／」，讓人在思維上直接的陷入了「英雄美人」的慣常反應
之中，而沐浴在所謂「英雄愛美人，美人慕英雄」的通俗劇
本裡。可是再往下去細看，那「——挑在他們尖尖槍矛上」
的一行詩句，就令人在心中不禁的要震顫、抖縮不已。

而那「美人的心」與「——挑在他們尖尖槍矛上／滴著
血的／美人的心／／」，那是「愛與溫柔」相對於「殘暴與
無情」截然不同的感受了，而那是多麼矛盾的事呀！

在那種極端的組合下：「美人的心」與「——挑在他們
尖尖槍矛上／滴著血的／美人的心／／」之間，令人不禁要
大為錯愕的不敢相信，而認為或許他所接續的下一句是否為

有錯誤的了。

　　可是，經仔細的看清楚，這是沒有錯的，非馬寫的正是武士、槍矛、美人；而由此再導致前一節「爭吵著誰贏得了」什麼的；武士贏得的可不是美人愛慕的心，而是一顆挑在尖尖槍矛上滴著血的美人的心，而這是多麼的令人顫慄的呀。

　　再回溯到〈圓桌武士〉的標題了，心中不禁要浮現出爭吵與血淋淋的鏡頭；而那種鏡頭忽而是在爭吵的場面上的啊，忽而是在尖尖的槍矛上跳躍著的美人的心，而這又已然否定了「圓桌」的用意了。

　　所謂「圓桌」者，表示座席無大小尊卑之分，表示和平共存的意念，更表示一律平等的意圖；可是現在竟然只是「爭吵」與「爭吵著贏得滴著血、血淋淋的美人的心」而已。

　　由此可知，所謂的「巴黎和談」，只是一種血腥與欺騙的戲碼，只是一種強權以談判來取得自身利益的手段而已，而其諷刺性乃達到了最高潮。

◎鳥　籠

打開
鳥籠的
門
讓鳥飛

走

把自由

還給
鳥
籠

　〈鳥籠〉一詩，在開頭是「打開／鳥籠的／門／讓鳥飛／／」；很顯然的，在慣常性的思維上，我們會加上一個「走」字的，加上這個字，而後我們又會聯想到鳥自由了的意象。

　可是，非馬愚弄了我們的簡單思維了，他寫著「把自由／還給／鳥／籠／／」。這個概念可以分成兩種，一種是把自由還給鳥和鳥籠；而另一種是把自由還給鳥籠了。但不管是前者或是後者的，其中任何的一種皆含有「籠」的概念存在；因此而使人想到為什麼「籠」會自由的了？

　在慣常性思維上，一般皆是鳥飛走了，鳥就自由了；可是非馬偏要說「把自由給鳥籠」！其概念的反應，讓人突然一下子驚訝的凝住了。

　然而若我們稍加思索，我們不禁又要恍然大悟，是呀，鳥與籠相就，對二者皆非自由，一個是被關在裡面，另一個則是負責監管；若是把鳥放走了，讓鳥自由了，鳥籠不也不被桎梏於監管「鳥」的工作了！而「鳥籠」不也自由的了嗎？其後，又會牽引出鳥與籠的配合了，如此的在概念上的「鳥」與「籠」的分分合合，而真正的陷入了一種「我見」之中，「一隻」鳥飛走了，「一只」鳥籠就清閒自由的了。

◎通貨膨脹

一把鈔票

從前可買
一個笑

一把鈔票
現在可買
不只
一個笑

〈通貨膨脹〉一詩，也是把慣常性思維的聯想玩弄了。

首先，依經濟學來看，通貨膨脹是貨幣對財貨價值比的貶低，也就是貨幣購買力降低之謂。

所以「一把鈔票／從前可買／一個笑／／」，而現在通貨膨脹了，當然買不到一個笑了，因為鈔票貶值了。買不到一個笑了，那麼是買半個笑吧！購買力降低，能買到的笑當然變少了，這是天經地義的事呀。對此，非馬要如何來表現其後續的概念呢？我深切的留意著，深切的呆駐了，對他到底是要依照慣常性思維去反應呢？還是突破？

緊接著，非馬如此的寫著：「一把鈔票／現在可買／不只／一個笑／／」。此句令人深深的悸動了，與慣常的聯想直有天壤之別，通貨膨脹反而買了更多的了；我苦笑著，因為這似乎是非馬在尋人開心，讓人的慣常性思維的聯想被棒襲了。

之後我又聯想到所謂的「笑」了，而笑是多樣性的，有微笑、哈哈大笑、皮笑肉不笑、苦笑等的，誰又知道此「笑」是何笑？

　　接著我又神遊在前年通貨膨脹的風聲鶴唳之中，在那時候，只是日日聽說水泥漲價啦，衛生紙漲價啦，米漲價啦，豬肉漲價啦。一切的一切都在不停的飛漲著價格了，日人來台買衛生紙回國的啦，蒐購奶粉啦，哪家公司支票退票啦，商店不開門營業啦，如此的恐怖畫面一直迴轉在腦海裡，而書桌上鏡中的我，就那麼樣一連的皮笑肉不笑了，而鏡中映出來的是我連連的苦笑出現了！

◎裸　奔

如何
以最短的時間
衝過
他們張開的嘴巴
都還沒來得及閉攏
的這段長
長的距離

脫光衣服減輕重量
當然是
好辦法之一

可沒想到
會引起
傷風
化以及諸如此類的

嚴重問題

〈裸奔〉先是點出裸奔的原因，就是要衝過一段長長的距離；而這距離是「他們張開的嘴巴／都還沒來得及閉攏／的這段長／長的距離」。而「裸奔」是地理位置的移動，而「張開的嘴巴」是表情符號之一，是一種驚訝與錯愕；在此二意念的結合之下，令人感到很是新鮮的。此外並以「都還沒來得及閉攏／的這段長／長的距離」，來形容其「驚訝與錯愕」之大，自也不落俗套。

接著再找出用「裸」來奔的原因所在：乃在「脫光衣服減輕重量」。而這當然就「可沒想到／會引起傷風／化以及諸如此類的／嚴重問題／／」。也由於這種單純的意識，而讓人興起裸奔是無聊的事，也讓人興起裸奔僅只是很單純的行為而已；再由這種很單純的行為而轉化為粗獷與崇尚自然，因此而構成了一群群人裸著奔跑的鏡頭。而這種裸奔，當然是要脫光衣服的啦，好吧，那就慢慢的脫快速的奔跑吧！

該詩在圖畫性的構成上，乃基於一群張開嘴巴而茫然與訝異的人群了。突然，他們發現有裸奔者快速的奔跑在長長的距離上，而讓他們驚訝不已的情況於焉發生；於該圖畫上，我們可看出群眾的騷動與裸奔者無所謂的作風，其在構圖上的處理，乃是在於運用一種強烈的對比技巧。

當然啦，在詩語言上，該詩的「最短時間」與「這段長長的距離」是相互遙遙對應的，因此也想像得出來，裸奔者是羸弱的，而由此而產生出這是一種弱者對社會既定規範的反抗，一種弱者對群眾社會集體意識的反抗，而有反抗權威

性、反抗傳統性，追求個性化意識的傾向。

◎致索忍尼辛

你使我想起
一隻
被主人用棍子
　　　　無情地驅趕
哀叫著躲開
而又怯怯挨回去的
　　　　　狗

怕一走得遠些
便永遠失掉回家的資格！

你使許多人
　　　不管他們身在何處
在心中
　　　成了
　　　　真正的
　　　　　喪家之狗

〈致索忍尼辛〉一詩，把索忍尼辛比喻為「被主人用棍子／無情地驅趕／哀叫著躲開／而又怯怯挨回去的／狗／／」，這真是恰當至極了。

狗是最忠於主人的動物，雖經主人殘暴的對待，是仍捨不得離開其主人的「家」的動物；而索忍尼辛雖對其祖國之

熱愛與忠心，卻被流放於國外，而他且極思回歸其祖國的。此處將索忍尼辛譬喻為動物，譬喻為「狗」，應無不敬之意；想來非馬應只是在闡釋索忍尼辛對其祖國之熱愛與忠心這件事上頭的了，一如狗對其主人之忠心之可愛與可敬而已的。

由「被主人用棍子／無情地驅趕／哀叫著躲開／而又怯怯挨回去的／狗／／」，讀者的眼前，即時可能出現一條血跡斑斑的夾著尾巴的，還有一陣陣顫抖著的，然後以後腿慢慢挨近其主人家的狗了。

而且這條狗是低聲哼著的，牠眯著細眼，眺望著主人，一副可憐相，直讓人跟著嘆息而搖頭不已。而索忍尼辛，這位愛國文人，深愛其祖國蘇俄，卻又深切的痛恨共產政權，所謂「愛之深，責之切」，因之被驅逐出境了。

第三節「你使許多人／不管他們身在何處／在心中／成了／真正的／喪家之狗／／」，由這種展延性擴大了主題的開闊性，也引發浪子的回歸思緒，遊子的認同「家鄉」。可是他們在心中卻無法真正的回歸，無法真正的認同之時，不管他們身在何處，在他們的心中就成了真正的喪家之狗了，而此又怎能不令浪子與遊子噓噓不已呢？

該詩的構圖性，在於畫紙居中位置，有一位兇爆主人揮著棍子，而邊角的地方則是有一隻畏首畏尾的狗，牠搖著尾巴乞著憐。該圖案最好是以漫畫筆調來刻畫、呈現；因此在造型上，似應以被扭曲兇暴主人的嘴臉和羸弱身軀夾著尾巴的狗相互搭配著，而產生一種令人在情緒上有極端情緒的對立感，而能讓該詩在詩語言上，能轉換成為具象，而獲致最大的對比表現效果。

◎構　成

不給海鷗一個息腳的地方
海必定寂寞

於是冒險的船離岸出發了
豎著高高的桅

〈構成〉一首，全詩只有短短二節四行，套一句現在的
講法，那是微型詩。

該詩在思維上是一種倒果為因的風格，先以「不給海鷗
一個息腳的地方」，讓人自然而然的看到，那盤旋在無垠海
面上的海鷗，沒有任何落腳休息地方的那種落寞與孤獨感。

然後，再點出「海必定寂寞」，讓我們更看到蒼茫的海
本身的無依無靠。而「海鷗與海」一經組合，其眼前即是一
幅空茫、寂寞與無依的景象；把「不給海鷗一個息腳的地方
／海必定寂寞」，與之相結合，而在概念上又有了留白，增
加想像的空間。而其想像空間的謎底，是到底給不給一個「息
腳」的地方，以及該如何的給。

而這又該怎麼辦呢？非馬緊接著就以仁慈的心出發，而
點出「於是冒險的船離岸出發了／豎著高高的桅」；也就是
說：如此一來的，在遼闊的海上，海鷗就有一個息腳的地方，
而那就是船的「桅桿」。而船、桅桿與海鷗的圖像，一經組
合，則就是一幅安詳畫面的展現。

讀該詩，即時的可以浮現出有一艘冒險的船，那是一艘
乘長風破萬里浪的船，正航行向著海上而去了。而那條船，

那是羸弱得只讓我們注目得到它豎立著的高高的桅桿而已，而在畫面上，乃有一個直線條的突破。

　　於是整幅畫作就出現了，而在汪洋的湛藍大海裡，而在那茫茫的汪洋大海中，就有一葉孤舟正在衝刺著，藍天上則有一隻黑白相間的海鷗在遨翔，而這就是一幅茫然、無依與奮勇向前相對照的畫作了。

◎老　婦

沙啞唱片

深深的
紋溝
在額上
一遍又一遍
唱著

我要活
我要活
我要

　　〈老婦〉一詩，第一節寫「沙啞唱片」，先讓人以沙啞唱片來和老婦相聯想著，因此而知道這老婦人一如是久唱而唱啞了的唱片，是經歷過很長久歲月的折磨與消蝕的了。

　　而其第二節前段「深深的／紋溝／在額上」，可作為是老婦人額頭上皺紋的刻劃。緊接著「一遍又一遍／唱著／／」，不只是有留空餘地，而且連接了上一句，就連貫成「深

深的／紋溝／在額上／一遍又一遍／唱著／／」；然後令人
又回到第一節的構想，那就是沙啞唱片上深深的紋溝在唱著。

最後一節「我要活／我要活／我要／／」的重疊句，表
示老婦人深切的期望，也有無限的感傷、失落與悲哀。

而在末行的那個「我要」的兩個字之下，又不加「活」
字，那就正如同沙啞唱片的溝紋突然的腐蝕而聲音也跟著斷
蝕掉一樣，因此而掠過而唱不出「活」字，此就加深了老婦
人那種久經折磨而歲月不饒人的悲傷歲月的痕跡了。然而該
老婦人，雖經歲月的諸多折磨，可是仍然深切的希望著能「活」
下去，能苟活而不願踏入死亡的棺槨裡，表現出一幅貪生怕
死的畏縮。

該詩的圖畫性，可想像為：有一個斑剝沙啞的唱片，佔
據了整個主要畫面；而在唱片上，隱隱約約現出一位蒼老瘦
癯的老婦人，在她的額頭上刻劃著深深的紋溝，而且其目光
微微的暗淡著，卻又顯露出一絲「生的企求」。

在詩語言上，該詩是一種氛圍的平衡感，也就是說其全
詩的語氣是一貫的、一致的作品，而其氣氛則是有始有終的
都是圍繞在老死與生的慾望。

對於非馬《在風城》一書，筆者認為那是一部可以再三
研讀的詩作。筆者自 1961 年開始發表詩作以來，雖不知長進
而仍發表了近百首的詩作；可是筆者仍不得不為非馬的《在
風城》報以深深的喝采，因為非馬讓我的意識觸鬚伸展向另
一個領域，因為非馬詩的延展性與驚奇性，使我越是咀嚼越
是有味道。

（1975.10.28／刊笠 70 期 1976.12／2011.11.17 改寫）

析郭成義《薔薇的血跡》詩三首

　　郭成義《薔薇的血跡》中，有許多的詩，都是俯拾可得的日常題材；然而郭成義除了由之而深入的去探討其表象外，並直搗其內裡，諸如人類社會的成長學習問題、老年問題、生老病死問題等。

　　其實，那些問題也都是我們所不願面對的，但卻絕對必須去面對的實際問題，以及公平正義的問題。

　　有時個人一直認為文學作品，就是要戳破人世間表象的繁華富貴，而讓世人洞悉其內裡的醜陋、邪惡而不被矇閉。

　　在郭成義《薔薇的血跡》詩集中，個人以其中的〈鬍鬚〉、〈默契〉與〈曬〉等三首來詮釋，以瞭解郭成義詩作風格與其主題。

◎鬍　鬚

　　活了一大把年紀
　　只留下這一點點積蓄
　　還忍心把它刮淨嗎

　　奇怪的是
　　每個人都在刮

　　越是將老的人
　　刮得越起勁

　　假如
　　鬍鬚落地也有聲音的話
　　那麼在無鬚可刮的時候
　　便可以聽到
　　死亡的聲音了

　　〈鬍鬚〉一首，先以「活了一大把年紀／只留下這一點
點積蓄／還忍心把它刮淨嗎／／」做一個自問；雖無自答，
但在文辭上是欲以否定的回答來呈現的。

　　接著再以驚訝的口吻道出，那些鬍鬚只是「活了一大把
年紀／只留下這一點點積蓄」，而「我」是不忍心把它刮乾
淨的了，可是「奇怪的是／每個人都在刮／越是將老的人／
刮得越起勁／／」。在這第二節裡，這是一個事實的陳述；
但在文辭上也告訴讀者，人是多麼的懼怕年老與死亡，並常
哀傷歲月之消逝。

　　可是，哀傷歲月之逝自哀傷的，懼怕年老歲月自懼怕的，
那些歲月依舊在分分秒秒不間斷的消逝掉了，歲月依舊不饒
人的消逝掉！而那就是人的宿命所在。所以第三節「假如／
鬍鬚落地也有聲音的話／那麼在無鬚可刮的時候／便可以聽
到／死亡的聲音了／／」。所謂「無鬚可刮」的，就是鬍鬚
已然不再生長了，也就是說：該「無鬚可刮的時候」的那個
人，事實上他已然死亡的了。

　　總結此詩，乃在敘述長出鬍鬚是被人討厭的一件事，而有長長的鬍鬚就要被刮掉的，可是等到無鬍鬚可刮的時候，那也就是鬍鬚不再生長之時了，那個人也就是已經聽到死亡的聲音了，是離死亡之期不遠的了。事實上，鬍鬚本身並不可厭，而其鬍鬚之可厭性乃在於鬍鬚的象徵意義所在，鬍鬚的滋長就表示年歲的增加了。

　　本詩再經推延起來，可知世上有很多的人與物之可討厭並不在於其本身的可討厭性，而在於其所代表的環境或其潛藏的象徵涵意之可討厭了。

◎默　契

　　　在不安的樹上
　　　把一條繩子打成
　　　圓圈

　　　設想片刻之後
　　　正好垂掛一個頭顱
　　　的圓圈
　　　只留下一個脖子的痕迹

　　　而後悠閒地
　　　坐在那棵樹下
　　　欣賞這些死的準備
　　　把自己唱成一支
　　　飛翔的天空

突然一隻蝴蝶

急急忙忙

停在動盪的樹枝上

〈默契〉是很灰色的一首詩，是描寫生死飄忽不定的現象，並由生死觀念飄忽不定感之中解脫出來。由第一節「在不安的樹上／把一條繩子打成／圈圈／／」為起首，而後第二節「設想片刻之後／正好垂掛一個頭顱／的圓圈／只留下一個脖子的痕迹／／」，就那麼樣的把自我抹殺成更是灰色的了；可是當「死」將成事實時，人又惦念起「生」了。可見人就是一直在生死意念中，忽想死又不想死的，想要生卻又想到死，如此反覆再三而度過其一生。

所以當「圓圈／只留下一個脖子的痕迹／／」，而不是「垂掛一個頭顱」之時，接著作者就道出第三節「而後悠閒地／坐在那棵樹下／欣賞這些死的準備／把自己唱成一支／飛翔的天空／／」，而這第三節乃是對「死亡」意念的完全解脫，而也在氣勢上造成悠閒與飛翔的氣氛，自在自如的意境。

而在這種生死觀念都是生物皆會具有的過程中，所以在「而後悠閒地／坐在那棵樹下」之時，緊接著作者就描繪出最後的一節「突然一隻蝴蝶／急急忙忙／停在動盪的樹枝上／／」，而顯示出生死觀念是生物皆會具有的一種必然過程，毋須太過在意的，而且即使傷感、憂傷的，也是於事無補。

而蝴蝶在其羽化後，是一種極短暫生命期的生物，而其

飛翔亦是忽上忽下、飄忽不定的，也不因其外觀的顯耀與光
彩而得延長其生命；而這又回溯到前三節對死概念的解脫
了，因之而也增加該詩所宣示的意念了，那就是生死也是飄
忽不定的，雖其生是極其顯耀與光彩的，仍脫離不了死亡的
到來，而這「死亡」，也就是生物無可避免，無可遁逃的宿
命了。

　　◎曬

　　　小時候的衣物
　　　擺在祖父的櫥櫃裡
　　　已經霉濕了

　　　陰沈的日子
　　　終於有這麼一次陽光
　　　是必須拿出來曝曬的

　　　卻發現
　　　一滴一滴的霉斑
　　　腐爛在看不見的縫裡

　　　媽媽也看不見
　　　此刻我沉默的姿態
　　　已像極父親陰沉的臉

　　〈曬〉是以第一節「小時候的衣物／擺在祖父的櫥櫃裡

／已經霉濕了／／」為起首；而「這小時候」與「祖父的櫥櫃」，皆是過去時間的概念，卻如是結合在一起，其概念乃即時回復到以往的時刻了。而那些衣物皆霉得潮濕，可見其「霉」的程度之嚴重性。

緊接著第二節開頭「陰沉的日子」，在意念上又加深了其灰暗與傷感的暗示；而「終於有這麼一次陽光／是必須拿出來曝曬的／／」，在氣氛上則是由灰暗、回憶與感傷中，而回復到有一束陽光與希望的出現了。

可是，第三節不幸的是「卻發現／一滴一滴的霉斑／腐爛在看不見的縫裡／／」，而這「一滴一滴的霉斑／腐爛在看不見的縫裡／／」，可是媽咪卻是看不見的，而作者卻已被感染而傷感了，因之作者也寫下了「此刻我沉默的姿態／已像極父親陰沉的臉／／」，也就是突然的作者也就蒼老了起來！

該詩的氣氛，由第一節的「灰暗」轉成第二節的「一束陽光」，可是那「一束陽光」，只是一剎那時間而已，馬上又轉入第三、四節更灰暗之情緒中了，而產生氣氛上驟然冰凍在「陰沉的臉」裡了。

以上的三首詩，在氣氛上，作者已能把握並達成其所欲追求的氣氛；對日常性題材的處理不落入舊有臼巢，而即能造成餘韻繞樑的作用了。

郭成義的詩，其遣辭用字甚是淺白的，讓人輕易看得懂；然細加觀察後，才霍然發現其所用辭句均有其深意存在，並非表面上的那麼單純膚淺。如以前三首來看，在〈鬍鬚〉中，其「只留下這一點點積蓄」、「鬍鬚落地也有聲音的話／那

麼在無鬚可刮的時候」；又如在〈默契〉中的「正好垂掛一
個頭顱／的圓圈／只留下一個脖子的痕迹／／」、「而後悠
閒地／坐在那棵樹下／欣賞這些死的準備」及在〈曬〉中的
「卻發現／一滴一滴的霉斑／腐爛在看不見的縫裡／／」、
「此刻我沉默的姿態／　已像極父親陰沉的臉／／」等均是。

（1976.02.20 作／刊笠 72 期 1976.04／2010.11.18 改寫）

析非馬〈傘四首〉

之一：

同上面的天空

爭絢爛

妳用花傘

替自己撐起

一個小小的天空

然後回頭來

用一個甜甜的微笑

把躲在墨鏡裡的

一對眼睛

灸傷

之二：

共用一把傘

才發覺彼此的差距

但這樣我俯身吻妳

因妳努力踮起的腳尖

而備感喜悅

之三：

被摺起來當拐杖用的傘
在妳雨中走過的小路上
為每隻夭折的腳印
量測哀傷的深度

之四：

這麼多
熙熙攘攘
的
傘
竟找不到
一把
有
仰天狂笑
看傘下
傴僂的靈魂
淋成
落湯雞
的
豪情

　　〈傘四首〉第一首寫邂逅與愛慕之事，第二首寫初戀的雀躍，第三首寫思念的哀傷，而第四首則是對「傘」功能的反諷刺，對自我解脫的希冀了。

　　第一首起頭「同上面的天空／爭絢爛」，以短短數個詞語，當即描繪出傘的絢爛了，那是不下於藍天白雲或萬里晴空之下的那種絢爛。

　　而「妳用花傘／替自己撐起／一個小小的天空」，此已點出「花傘」和「妳」的結合，而該「花傘」亦即如同上面所言，是與天空爭絢爛的那把傘，而那把傘也是撐起一個小小天空的傘。

　　前言傘與天空爭絢爛的，又寫出「花傘」，是用移植置換與對等的關係，在那個當下裡的，我們很容易的就會產生出一個明亮艷麗的概念，因之而產生傘是明亮艷麗的概念，而天空也是明亮艷麗的概念，並由之聯想到傘下的那位女郎，也是明亮艷麗的設想了。

　　在「妳用花傘／替自己撐起／一個小小的天空」之後，接著是「然後回頭來／用一個甜甜的微笑」；眼為靈魂之窗，眼是最擅長於表達情感的感官了，而且其情感的顯露也是無法掩飾的。

　　「然後回頭來」的那個「回頭來」，是表有意或已知或同意的意念。而既經回過頭來，又再「用一個甜甜的微笑」的情景，則那將更是默許、鼓勵與贊同的了；對於「妳」這種回眸與微笑的示意，又有哪位異性能抗拒其召喚呢？

　　所以非馬如此寫著，「把躲在墨鏡裡的／一對眼睛／炙傷／／」，而這是躲在墨鏡裡的，並非是在花傘下的一對眼

睛，則就更是指男士的了，且他是相喜相悅的異性；對於同性，「妳」又何必「然後回頭來／用一個甜甜的微笑」去暗示「她」呢？前言女郎的眼眸，最是善於表達情感的了，因此當「妳」那回眸，拋射了過來，那墨鏡裡的一雙眼睛就被妳炙傷了，而感受到「妳」的青春與炙熱，及熱切的盼望，套句俗話說：那是「一見鍾情」的呀！

第二首「共用一把傘／才發覺彼此的差距」，這「共用一把傘」，是很輕易的告訴他人，這是二人或二人以上共用的一把傘；但由於第一首或下節的敘述，可知這是一對情侶在「共用一把傘」。

而「才發覺彼此的差距」，這「差距」意義的開闊性很強，可為精神意識上的差距，也可為實體上的差距；就精神意識上的差距而言，由於有那個差距，有所不同的，因之更加的互相吸引了，所謂的「異性相吸」，而由於有差距並非很熟識的，因之在互相吸引中仍有所顧忌與膽怯、害羞的，而不敢為所欲為,但卻因兩人有所壓抑而更惹人遐思與期待。

而如連同緊接著的「但這樣我俯身吻妳／因妳努力踮起的腳尖／而備感喜悅」，則又是很明顯的實體高矮上的差距了。

〈傘四首〉第二首的「差距」，以精神意識的差距來解釋，似較適宜且更具包容力；但以實體差距來解釋，卻又較為風趣，且擴張力更強。「但這樣我俯身吻妳／因妳努力踮起的腳尖／而備感喜悅／／」，由於有這高矮極大的差距，「我俯身吻妳」，而妳則「努力的踮起腳尖」的迎接，此即在意味著二人間是兩情相悅的；而在實體差距消失的同時，

也令精神意識上的差距也跟著消失掉,而達到二而一的結合。

　　第三首「被摺起來當拐杖用的傘／在妳雨中走過的小路上／為每隻夭折的腳印／量測哀傷的深度／／」。這第三首的「被摺起來」、「當拐杖用的傘」,乃是前述「撐起一個小小的天空」、「共用」的同一把傘,可是到了現在,卻「被摺起來當拐杖用」了,或者是怨恨撐傘,怕會睹物思情,因為傘下的另一人已不在了;或者是已屍弱到不勝撐傘的重負。總之,那個傘下主人,已是一副失魂落魄、老態龍鍾、搖搖欲墜之態了。而傘「在妳雨中走過的小路上／為每隻夭折的腳印／量測哀傷的深度／／」,此言傘記錄了、陪伴了傘下主人妳的那麼多的哀傷歲月,則更描繪出其思念、懷念之意了。而那「夭折的腳印」,其「夭折」之用語,指短命早死,令人更感婉惜、哀傷與不捨。

　　第四首「這麼多／熙熙攘攘／的／傘」,「竟找不到／一把／有／仰天狂笑／看傘下／傴僂的靈魂／淋成／落湯雞／的／豪情／／」。傘的功用在於用來遮陽、遮雨,當然「竟找不到／一把／有／仰天狂笑」的傘,能夠「看傘下／傴僂的靈魂／淋成／落湯雞／的／豪情／／」。而「竟找不到」,也是一種對現實的不滿,且有希冀與慨嘆的意念存在,此種希冀乃是希冀看到傘下傴僂的靈魂淋成落湯雞,亦即回歸到無傘之日,也就是不再受情慾左右的那個日子。

　　總結〈傘四首〉,亦可視為夫妻的共同生活,係由邂逅→相戀→而消失,而最後的一首乃係對「邂逅→相戀→消失」這個固定模式的反抗;也就是說人人竟然不能夠超出此格局的情境。「家」即同「傘」一樣,傘撐起了一個小小的天空,

由之而導入另一個主人翁，共同覆蓋於「傘」下生活，而當
歲月流失了，某一主人翁也先行消失了，而另一主人翁亦只
得用傘來當拐杖了，表示這「另一主人翁」亦已年老不堪或
不勝哀傷之痛，而這是多麼成定局的宿命呀，難道此種宿命
真的沒人能破例嗎？

（1976.07.20／刊笠 73 期／2011.11.18 改寫）

析楊喚童話詩

　　所謂文學，如屬教育性質者，都宜於文中不著痕跡的，而以滴水穿石之態漸進的去感染、教化讀者，以免文章流於明顯的說教，而令人引起反彈、不快的負面情緒，反而遭致到厭惡、反感、排斥，畫虎不成反類犬的得不償失。

　　看過《楊喚詩集》童話詩，深感不僅其文詞優美、自然、流暢，且深具傳播知識與教育內涵，而他的傳播知識與其使命感，又都是不著痕跡的愚教於文詞和童趣之中；實可為童年期及少年期讀者再三研讀之作，因此筆者深願加予分析並推介。

◎家

　　　樹葉是小毛蟲的搖籃，
　　　花朵是蝴蝶的眠床，
　　　歌唱的鳥兒誰都有一個舒適的巢，
　　　辛勤的螞蟻和蜜蜂都住在漂亮的大宿舍，
　　　螃蟹和小魚的家在藍色的小河裡，
　　　綠色無際的原野是蚱蜢和蜻蜓的家園。

　　　可憐的風沒有家，

跑東跑西也找不到一個地方休息，

漂流的雲沒有家，天一陰就急得不住的流眼淚。

小弟弟和小妹妹最幸福哪！

生下來就有了媽媽爸爸給準備好了家，

在家裡安安穩穩地長大。

　　〈家〉全詩以搖籃、眠床、巢、大宿舍、小河及家園，以表徵其「家」的諸樣貌概念；且「家」的概念用辭，亦經過楊喚特殊的選擇。如樹葉隨風左右飛舞，因之稱其為「搖籃」，有輕輕的左右搖動的涵義在內；而蝴蝶是動態的，總是不斷的飛來飛去，其停留在花朵上，常常是在憩息之中，是一種靜止的狀態，且雖經風一吹來的，而花朵隨之翩翩然飛舞著，可是蝴蝶仍是一動不動的在花朵上憩息著，不為花朵之搖動而飛走，因之稱那花朵為蝴蝶的「眠床」。而鳥之「巢」是一個實體的「家」的表徵；至於螞蟻和蜜蜂呢，則皆是群體生活性的昆蟲了，因之稱其「家」為「大宿舍」，表示有許多螞蟻或蜜蜂在一起生活著，自也貼切。而螃蟹和小魚是生長在小河裡的；至於那綠色一望無際的原野，也任蚱蜢和蜻蜓在那兒跳躍或飛翔，因之稱其為蚱蜢和蜻蜓的「家園」。

　　〈家〉，以小毛蟲、蝴蝶、鳥兒、螞蟻和蜜蜂、螃蟹和小魚，以及蚱蜢和蜻蜓，皆有家為起首，接著導出風和雲的無家可歸，最後再點出小弟弟和小妹妹最是幸福的了，因為他們生下來就有爸爸和媽媽給準備好了的家，可以讓他們安安穩穩地長大。

　　此詩利用對比手法，點出有「家」與「無家」之差別比較，而教育小弟弟和小妹妹最是幸福，生下來就有媽媽和爸爸給準備好了的家，可以讓他們在家裡安安穩穩地長大。

　　並因之而引申出父母與子女的相互關係：對父母來說，「家」是希望父母們應秉持愛護子女並友愛子女的天賦使命；而對子女來說，也是要子女們感恩父母的妥善照顧。

　　而因有了父母的照顧，他們才能有一個父母準備好的家，讓他們能在家裡安安穩穩地長大成人，毋需像可憐的風沒有家一樣的，而要跑東跑西的也找不到一個地方去休息，也毋須像漂流的雲它們的沒有家，天一陰暗就急得不住的流下眼淚來了。

◎七彩的虹

接了太陽國王的大掃除的命令，
小雨點們就坐上飛跑著的烏雲，
賽跑著離開了天上的宮廷。

他們給稻田和小河加足了水，
他們給骯髒的山谷洗過了澡，
就又來洗淨了清道夫永遠也掃不完的城市，
也洗淨了悶熱的飛滿了塵土的天空。

太陽國王為了獎賞他們真能幹，
就送給他們一條美麗的長彩帶，
那就是掛在明亮的雨後的天空中的，

　　紅、橙、黃、綠、青、藍、紫的七彩的虹。

　　〈七彩的虹〉，以擬人化來描述大掃除及大掃除後景況的差別。大掃除就是：小雨點就會給稻田和小河加足了雨水，也給骯髒的山谷洗過了澡，而那樣一來的，就洗淨了即使是清道夫也永遠掃不完的城市了，也洗淨了悶熱的飛滿了塵土的天空了。

　　而大掃除後的結果，就是小雨點因之得了一條美麗的長彩帶做為獎賞。

　　此詩最後一節「太陽國王為了獎賞他們真能幹，／就送給他們一條美麗的長彩帶，／那就是掛在明亮的雨後的天空中的／紅、橙、黃、綠、青、藍、紫的七彩的虹／／。」此節很自然的會傳達出有勞碌才有獎賞的概念，以及雨後常會出現美麗七彩虹的自然界現象，兼具道德教育與傳播知識的兩個使命。

◎水果們的晚會

　　窗外流動著寶石藍色的夜，
　　屋子裡流進來牛奶一樣白的月光，
　　水果店裡的鐘噹噹地敲過了十二下，
　　美麗的水果們就都一起醒過來，
　　請夜風指揮蟲兒們的樂隊來伴奏，
　　這奇異的晚會就開了場。

　　第一個是香蕉姑娘和鳳梨小姐的高山舞，

跳起來裙子就飄呀飄的那麼長；

緊接著是龍眼先生們來翻觔斗，

一起一落地劈拍響；

西瓜和甘蔗可真滑稽，

一隊胖來一隊瘦，怪模怪樣地演雙簧；

芒果和楊桃只會笑，

不停地喊好不停地鼓掌。

鬧呀笑呀的真高興，

最後是全體水果們的大合唱，

她們唱醒了沉睡著的夜，

她們唱醒了沉睡著的雲彩，

也唱來了美麗的早晨，

唱出來了美麗的早晨的太陽。

　　〈水果們的晚會〉帶有一點神祕氣息存在，為深具童趣的童話詩。

　　第一節「窗外流動著寶石藍色的夜，／屋子裡流進來牛奶一樣白的月光，／水果店裡的鐘噹噹地敲過了十二下，／美麗的水果們就都一起醒過來，／請夜風指揮蟲兒們的樂隊來伴奏，／這奇異的晚會就開了場／／。」在寶石藍色的夜裡，屋內就會流進了牛奶一樣白色的月光，水果店裡的鐘也會噹地敲過了十二下；這時人們正在安眠著，而小弟弟和小妹妹們也正在睡夢鄉之中。

　　水果店裡沒有顧客的光顧，因之美麗的水果們就都一起

醒了過來。而蟲兒們也唧唧吱吱的叫個不停；於是晚會就開了場。

　　第二節「第一個是香蕉姑娘和鳳梨小姐的高山舞，／跳起來裙子就飄呀飄的那麼長；／緊接著是龍眼先生們來翻觔斗，／一起一落地劈拍響；／西瓜和甘蔗可真滑稽，／一隊胖來一隊瘦，怪模怪樣地演雙簧；／芒果和楊桃只會笑，／不停地喊好不停地鼓掌／／。」香蕉姑娘和鳳梨小姐跳著高山舞，龍眼先生們翻著觔斗；而西瓜和甘蔗一隊胖來一隊瘦的演起雙簧，但是芒果和楊桃却只會笑笑，不停地喊著好不停地鼓著掌。

　　如此笑呀、鬧呀的真高興。「最後是全體水果們的大合唱，／她們唱醒了沉睡著的夜，／她們唱醒了沉睡著的雲彩，／也唱來了美麗的早晨，／唱出來了美麗的早晨的太陽／／。」

　　很多童話作品都是描述歡樂的一面，〈水果們的晚會〉即屬於此類。而楊喚把晚會寫活了，其詩中不但有歌、有舞、有翻觔斗、有演雙簧的演出，更有觀眾的存在；而因有了觀眾的存在，而使得其氣氛更加的逼真，場景更加活靈活現的呈現在讀者眼前。

◎美麗島

有藍色的吐著白色的唾液的海，
小心地忠實地守衛著，
寒冷的冰雪永遠也不敢到這裡來。

有綠色的伸著大手掌的椰子樹，
緊緊地拉住親愛的春天，
美麗的花朵永遠成群結隊地開。

在這裡，
小朋友們都像健康的牛一樣地健康。
在這裡，
小朋友們都像快樂的雲雀一樣地快樂。
你來看！
小妹妹是夢見香蕉和鳳梨在街上跳舞了吧！
要不怎麼睡在媽媽的懷裡，
還是不停地微笑？

你知道這裡是什麼地方嗎？

告訴你，她的名子叫臺灣，
是甜蜜的糖的王國，
是童話一樣美麗的，美麗的寶島。

　　〈美麗島〉第一節「有藍色的吐著白色的唾液的海，／
小心地忠實地守衛著，／寒冷的冰雪永遠也不敢到這裡來／
／。」是先行描述美麗島的外在環境：那個外在環境就是有
藍色的吐著白色唾液的海，而那海，小心翼翼的忠實地守衛
著美麗島，因之使得寒冷的冰雪永遠也不敢來侵犯。
　　繼之又敘述第二節：「有綠色的伸著大手掌的椰子樹，

／緊緊地拉住親愛的春天，／美麗的花朵永遠成群結隊地開／／。」在寫：島上的椰子樹，伸著大手掌緊緊地拉住親愛的春天，因此使美麗的花朵永遠是成群結隊地開著。

　　而島上的小朋友們，是牛一樣地健康，是雲雀一樣地快樂；小朋友睡在媽媽懷抱裡，也還不停地微笑著哪。這樣的一個美麗寶島，能不令人嚮往與憧憬嗎？

　　而這可是世外桃源喔，「告訴你，她的名子叫臺灣，／是甜蜜的糖的王國，／是童話一樣美麗的，美麗的寶島／／。」那個世外桃源，就是生產甜蜜的糖的寶島臺灣呀！

◎下雨了

下雨了，
太陽怕淋雨回家去休假，
火車怕淋雨忙著開向車站，
汽車和腳踏車，還有老牛車也都忙著趕回家；
可憐的是那高大的電線桿和綠色的郵筒，
淋著雨站在街頭一動也不能動。
花朵和樹木都低頭流淚，
小鴨和小鵝浸在泥水裡玩得最高興。
麻雀躲在巢裡睡了覺，
小妹妹怕聽那轟隆轟隆的雷響，
爬上床又蒙上被，還摀緊了耳朵。
迎著風雨，只有勇敢的海燕，
不停地在海上向前飛行飛行。

〈下雨了〉這一首童詩，把下雨的情景寫活了：一下雨，太陽就不見了，火車、汽車、腳踏車，還有老牛車都匆匆忙忙的趕回家；可是電線桿和綠色郵筒，卻又依然一動也不動。

而花朵、樹木低垂著頭在流著淚，泥水裡的小鴨、小鵝則是嘻嘻哈哈的；而麻雀淋溼了羽毛將飛不起來的，因此躲在巢裡睡覺了。

至於小妹妹，則是最怕聽到轟隆轟隆的雷響聲，因此捂緊了耳朵躲上了床；惟有海燕呀，正勇敢的在海上迎著風向飛翔飛翔。

本詩的重點在於海燕了，那海燕是迎著風雨的，不停地在海上向前飛行飛行的，而這是多麼的勇敢的行為呀！

◎小蝸牛

我馱著我的小房子走路，
我馱著我的小房子爬樹，
慢慢地慢慢地，
不急也不慌。
我馱著我的小房子旅行，
到處去拜訪，
拜訪那和花朵和小草們親嘴的太陽。
我要問問他：
為什麼他不來照一照，
我住的那樣又濕又髒的鬼地方？

〈小蝸牛〉這首也是擬人化的描述。小蝸牛馱著牠的家，

不急也不慌忙地慢慢地走路，慢慢地爬樹；牠也到處去旅行，到處去拜訪。

可是，牠憩息的地方，總是在一個既陰溼又骯髒的鬼地方。

所以小蝸牛倒要問一問的，那和花朵和小草們親嘴的太陽呢，為什麼它不來照一照牠住的鬼地方？

該詩，這就告訴了讀者們，蝸牛住的地方是既陰溼又沒有陽光的地方，而且牠是駄著殼走路的，而且是慢慢走到哪裡，就在哪裡休息的，該詩具有描述生態的味道。而那「我要問問他：為什麼他不來照一照，我住的那樣又濕又髒的鬼地方？」則又帶著深厚的童趣，並啟發讀者對自己認為不合理的事，應該要勇敢表達、發問，爭取自己的權益。

◎小螞蟻

> 我們是一群不偷懶的小工人，
> 搬不動哥哥的故事書，
> 拉不走姐姐的花毛線，
> 我們來抬小妹妹吃剩下的碎餅屑。
> 下雨了，
> 有小菌子給我們撐起了最漂亮的傘；
> 過河了，
> 有花瓣兒給我們搖來了最穩當的船。

〈小螞蟻〉把螞蟻譬喻為小工人，小螞蟻雖搬不動哥哥的故事書，也拉不走姐姐的毛花線；可是牠們可以來拉抬小

妹妹吃剩下的碎餅屑。

　　而下雨了，小螞蟻有小菌子為牠們撐起最漂亮的傘，小螞蟻牠們就在傘下安然的倘佯著；而當小螞蟻過河時，牠們又可以搭著花瓣兒組成的最穩當的船隻。

　　該詩觸及螞蟻的部分生態，故事書和毛花線並非螞蟻的食物，小螞蟻當然不會去理會；而碎餅干屑是牠們的食物，牠們當然要把它搬走當存糧。

　　而且，螞蟻又是極細微的小昆蟲，所以只要一朵小菌子，就足以衛護牠們的了，也只要一小瓣的花瓣兒，就足以讓牠們當船隻，而在水面上載浮載沉了；又據筆者小時的觀察，螞蟻似乎不太怕雨水的淋濕，所以我們常可在野外觀察到，雨天裡的螞蟻照樣的在野外活動著，牠們爬上爬下的，而漂浮在水面上的花瓣兒或枯葉上，也常可發現到有其蹤跡。

◎小蜘蛛

> 要黏住蚊子討厭的尖嘴巴。
> 要黏住小蒼蠅亂飛的小翅膀。
> 蜜蜂姐姐小心呀，
> 可別飛到這裡來給我蜜糖！
> 風兒把落花吹上我的網，
> 露水把珍珠掛上我的網；
> 最漂亮呀，
> 是我家。

　　〈小蜘蛛〉中的小蜘蛛，和小妹妹一樣的討厭那隻小蚊

子的尖嘴巴了，也討厭小蒼蠅的亂飛亂舞；因此牠要黏住小
蚊子的尖嘴巴，也要黏住小蒼蠅亂飛亂舞的小翅膀。

　　可是蜜蜂姐姐最是可愛的啦，所以要特別的提醒蜜蜂姐
姐，別來給我蜜糖了；而風兒、露珠兒把繽紛的落花和珍珠
掛上了牠的蜘蛛網，因此小蜘蛛說：「最漂亮呀，是我家。」
牠帶著一份自傲與歡欣的情緒。

　　此詩是觀察小蜘蛛的生態詩，在小蜘蛛的小網子中，對
蜜蜂這種較大型的、較具質量的昆蟲，它是無能為力去網住
牠的；而蚊子和蒼蠅都是較輕盈的昆蟲，所以一般較會被蜘
蛛網捕捉住的，所以在觀察蜘蛛網上時，很容易的就會發現
蚊子和蒼蠅的蹤跡了。

　　此外，小花瓣、小露水，也容易沾附在其上。楊喚以其
對大自然的觀察，加上對蚊子和蒼蠅是害蟲以及蜜蜂是益蟲
的一般人為的認知，發抒為童詩。對兒童或青少年認知昆蟲
世界，具有教育的功能。

　　（1975.06.24／刊笠 74 期 1976.08／2011.11.21 改寫）

析郭成義的〈鳥〉

（一）

已經忘記
起飛的姿勢
却經常聽見
體內翅膀撲動的聲音

飛行的慾望
隨時在晴朗或陰沉的天空
出現
這時翅膀就展開
開始了美妙的
柔軟運動

由於摩擦著風
我又能愉快地飛行
每一個衝刺
那極大的
可愛王國

就更明顯

為了追求
我不斷地飛
不斷在風的刺激中
堅持著不能墜落的生命

　　（二）

活著
對我們惟有飛行而已
站著
我們不時抬頭
望向陰沉或明朗的天空
『是否再作一次飛行？』

盤旋在天空的我們
曾經有幾次
互相擁抱
享受和風糾纏的刺激
委實太疲倦了
這是唯一需要下降的理由

我們偶而也忍耐
不願意降落的愛

　　但後來我們却經驗了
　　降落時加速度的快感

　　我們就這樣
　　拋開一切
　　儘情地往現實的路上跌落
　　而閉著的眼睛
　　却掉下一滴溫暖的淚在土地上

　　郭成義的〈鳥〉分（一）、（二）：其（一）談「我」，其（二）談我們。先以標題及其詩中所描述的來看，均為寫鳥的生態；實則其「我」與「我們」，似均已暗合人生的單身生活與成家後生活的情形了，是婚前、婚後心思的變遷。

　　也似在談論：（一）為年輕朝氣時的有盼望與追求，不知天高地厚的雄心壯志；（二）為年長後泌入社會的洪流裡，在現實社會中而喪失其年輕時的衝勁與幹勁，對那些盼望與追求已然雲消霧散，只變成隨遇而安對社會洪流的俯首稱臣。

　　現略析該詩：（一）「已經忘記／起飛的姿勢／却經常聽見／體內翅膀撲動的聲音／／」，其已經忘記起飛的姿勢，事實上並非如字義所言忘記其起飛姿勢，而是其起飛姿勢已融入自我之中，變成自體本能，已毋須按照學飛當時的一個動作、一個動作僵硬的按表操作才能起飛的了；而且人是健忘的動物，如你我皆會拼國音，可是要你我把ㄅㄆㄇ注音符號流暢背完，相信有許多非從事教育工作的人，是沒法背完整或背得暢順的了。

　　可見已經忘記起飛的姿勢，與緊接而來下一節的展翅起飛是合乎邏輯的，也是可以有連貫性的。緊接著下一節，「却經常聽見／體內翅膀撲動的聲音」，更點明忘了起飛姿勢並非真的忘了該如何的飛，而是其起飛姿勢已成了一種本能，不須意識控制而能自行、自動、自言了。

　　第二節「飛行的慾望／隨時在晴朗或陰沉的天空／出現／這時翅膀就展開／開始了美妙的／柔軟運動／／」。飛行成了一種本能，飛行成了一種體內撲動的聲音以後，所以不管是在晴朗或陰沉的天空裡，飛行慾望就隨時會出現的，而慾望與行動本能經常是相配合的，是故慾望一經出現，翅膀就展開了，而開始了牠的美妙飛行。美妙的柔軟運動，喻為飛翔之柔美；似有性的暗示與隱喻，會激起人的遐思，與（二）第二節「糾纏」同。

　　第三節「由於摩擦著風／我又能愉快地飛行」。此種寫法係屬於倒果為因的說法，其作用在於加強「風」的感覺；也可以說，是人的一種錯覺感產生所使然。相信每個人都有此種錯覺，如在同速度的機車或火車上，我們總會感覺機車走得比火車還快的樣子；而在同速度而當時的風速並不一樣的車上，在風速大的車上會感覺該車的速度快一些，而風速慢的，則反之。此無他，係人以風的吹拂而感覺到風的流動狀態；物理學上說，物體動而引致空氣流動，空氣流動產生風，所以作者如此說：「由於摩擦著風／我又能愉快地飛行」。

　　而其下半節「每一個衝刺／那極大的／可愛王國／就更明顯／／」，此在言一個摩擦著風愉快飛行的衝刺，是更擴大了其視野，也更感覺得到接近可愛的王國，而有一種更強、

更有力的追求與衝刺了，而此又激發再一個的衝刺，而更擴大其視野。而如此一個接著一個的衝刺著，可愛的王國也就會越來越明顯越接近的了。

最後一節，點明「飛」是為了追求，有了追求而更要不斷的飛。故在不斷的風的刺激中，而更不斷的飛翔著，因之而能堅持著不能墜落的生命，所以作者如此的說：「為了追求／我不斷地飛／不斷在風的刺激中／堅持著不能墜落的生命／／」。

（二）第一節「活著／對我們惟有飛行而已」，語意與（一）相比較，其「飛」的作用已非積極而有消極與不耐煩的情緒表現出來。接著下半節「站著／我們不時抬頭／望向陰沉或明朗的天空／『是否再作一次飛行？』／／」更顯得是對飛行意義有所猶豫的，對追求有所否定與遲疑。

第二節「盤旋在天空的我們／曾經有幾次／互相擁抱／享受和風糾纏的刺激／委實太疲倦了／這是唯一需要下降的理由／／」。盤旋在空中的我們，一直是在不停的飛飛飛。曾經有過幾次互相擁抱著而停駐了飛翔，又停駐了飛翔而互相擁抱著，而去享受和風在一起糾纏的刺激。此處的「糾纏」，似有性的暗示與隱喻，會激起人的遐思。

而和風即能糾纏我們的，可見是由於我們沒有飛翔、因無前進而停駐所使然，所以郭成義接著很阿Q似的說：「委實太疲倦了／這是唯一需要下降的理由」。

此亦可作為係與第二節完全脫離關聯性來看，則只是在言下降是因為太疲倦所使然而已，就是下降只是一種休憩或暫時停駐之動作而已；惟若以之與第二節相關聯來看，則就

顯得更是富有自嘲的意味了。

擁抱享受和風糾纏的刺激，二者皆為不飛翔，當然要下降了；也就是說，由於你我的擁抱使然，因之阻礙了不斷的飛翔，不斷的追求了。

愛而須忍受之，可見該愛非所欲求，所以作者如此寫著：「我們偶而也忍耐／不願意降落的愛／但後來我們却經驗了／降落時加速度的快感／／」。偶而我們堅持不降落的，偶而我們抗拒降落的，可是在我們一再的抗拒無效之後，我們只得降落了；却沒想到在降落的加速度裡，那對你我是一種快感，而能經驗得到的。

經驗過那種加速度的快感之後，作者最後敘述著：「我們就這樣／拋開一切／儘情地往現實的路上跌落／而閉著的眼睛／却掉下一滴溫暖的淚在土地上／／」。經驗過加速度的快感之後，哪還有追求與飛翔的意念的呢?因之而拋開了一切而盡情的潛往現實的路上跌落下去，而在這觀望著的、閉著的眼神裡，却掉下了一滴剛汩流而出溫暖的淚在土地上了。

本詩單純的以「鳥」來看，已把鳥之各情態描繪得淋漓盡致：（一）中的鳥是描述其欲望是飛飛飛，是追求再追求；而其飛是本能的，因此一個衝刺之後，距離那可愛的王國就更接近了，而可愛的王國也更加明顯的可以看到了，因之鳥的意念就是無時無刻的飛翔了。（二）中則開始談到鳥的憩息以及二鳥的空中擁抱嬉戲，以及其滑翔、降落。

復以人生的體驗來觀察，單身時的自由自在，其生命的意義就是追求復追求的，是追求一切自我想追求的，因此郭成義如此的說：「為了追求／我不斷地飛／不斷在風的刺激

中／堅持著不能墜落的生命／／」。

　　而單身生活是多麼富有理想與衝勁的啊，而成家後的生活，則注目的是在現實社會裡的柴米油鹽醬醋茶，是食衣住行育樂，是一種安於休憩與降落的情況，是沒有衝勁的生活；所以作者如此的說：「我們偶而也忍耐／不願意降落的愛／但後來我們却經驗了／降落時加速度的快感／我們就這樣／拋開一切／儘情地往現實的路上跌落」。

　　單身是不瞻前顧後，而婚後則是猶豫再三的，只圖安逸與安於現實的，也再無衝勁的了。

　　至於年輕時的朝氣與年老時的現實對照解析，是略同前的，就不另贅述了。

（1978.5.6／刊笠 82 期／2011.11.21 改寫）

析李魁賢《赤裸的薔薇》詩數首

◎不會唱歌的鳥

起先只是好奇
看鋼鐵矗立了基礎
接著大廈完成了
白天，窗口張著森冷的狼牙
夜裡，窗口舞著邪魔的銳爪
對著我們的巢
因為焦慮，聲帶漸漸僵硬了
有如空心的老樹
於是人類在盛傳：
鳴禽是一種不會歌唱的鳥

（1969.6.2）

　　〈不會唱歌的鳥〉是描述都市的繁榮、崛起，破壞了大
自然的「綠色」美景；當高樓大廈處處崛起，而處處只是鋼
筋水泥的結構時，當處處只是屋宇一幢幢的聳立起來的時
候，所以會歌唱的鳥瘖啞了，因為「大廈完成了／白天，窗
口張著森冷的狼牙／夜裡，窗口舞著邪魔的銳爪／對著我們

的巢／因為焦慮，聲帶漸漸僵硬了」這是在說，鳥本身原來不是不會歌唱的，而是環境造成該鳥不再唱歌；可是人們僅以其結果：因其不會鳴叫而就認定鳴禽是不會歌唱，這是一種人類的悲哀與錯覺所使然。

觀看人類心理，常常是「錦上添花大有人在，雪中送炭人少為」。某個人一有成就的，其十年寒窗苦讀即被讚美宣揚了，可是在其沒沒無聞之時，其死生又有誰會去關心、關懷，去聞問的呢？

對鋼鐵矗立了基礎的那一回事，會歌唱的鳥起先只是好奇的在觀看著而已，並無任何的在意。沒想到當大廈完成了，那大廈的窗口正在白天裡張著森冷狼牙，而在夜裡又舞著那邪魔銳爪，並且正對沖著鳴禽的巢穴；因之會歌唱的鳥無法飛翔了，因為有大廈擋在牠的前方；又因為牠的心裡有所恐懼而焦慮，連帶的其聲帶也都僵硬了，而有如空心老樹再也唱不出歌來了。

於是人類在盛傳著一件事：鳴禽是一種不會歌唱的鳥。而事實上呢，鳴禽依舊是一種會歌唱的鳥，只是在都市的鋼鐵堆中，牠因恐懼與焦慮就失去其天真與活潑的天性，而牠也唱不出來了。

◎正午街上的玫瑰

炎熱在街上流動

因為色盲
所以不知道

他也是色盲的司機
但他用太陽能做燃料

多麼單調的正午
他發現竟有一株綠色植物
在炎熱的街上流動
而忽然倒在他的車輪下

瞬間變成了一朵玫瑰
很多人圍過來看
啊，一朵盛開的紅玫瑰
開在正午的街上

〈正午街上的玫瑰〉是描述一個駕駛人的肇事案件，肇事人與受害者均是色盲者。而駕駛人既有色盲又開了快車，因之而忽視到行人的存在，於是就肇禍了。

色盲有二解：一為事實上的色盲，雖今駕車要考照，駕照有其體能上的限制，有色盲者是不得報考的，惟考試是死的，而裁決考試者是人，而人是有私心的，而且色盲者亦可將色盲圖表背上一背，看成什麼與實際上是什麼的關係性而暗自記起來，一樣可以過關，故難免有色盲而能駕車飛馳者；另一為以車為權威、特權的表示者，故而忽視了行人安全，而橫衝直撞的。

全詩的展現是在「炎熱在街上流動」之時，當炎熱的浪潮在街上流動時，人的精神因炎熱而疲累而眼冒金星。其次

敘述二色盲者:「因為色盲／所以不知道／他也是色盲的司機／但他用太陽能做燃料」,該節對開快車的駕駛人有所諷刺也有所感到悲哀的,所以如此說,一個色盲的行人因為本身的色盲,所以也不知道駕駛者也是色盲的,這疚責該怪誰的呢?弱者的行人並沒有責怪駕駛人的意念,而只是怨嘆著自個兒是色盲。當然,如果那色盲行人知道那駕駛人也是色盲的話,相信他將會對那政府與那人有所不滿的,因為他們都是在造假與欺騙。

　　第三節「多麼單調的正午／他發現竟有一株綠色植物／在炎熱的街上流動／而忽然倒在他的車輪上／／」,是在描述色盲的駕駛人忽視了行人安全,竟把人看成綠色植物而漠視,看成綠燈而開車前行。

　　最後一節「瞬間變成了一朵玫瑰／很多人圍過來看／啊,一朵盛開的紅玫瑰／開在正午的街上／／」,以戲謔寫法把血肉模糊、屍骨四散,稱為一朵玫瑰花,令人更感到其悲哀與無奈。

◎回憶佔據最營養的肝臟部位

回憶是孤立的煙囪
一到黃昏
就吐著濃濃的煤煙

存在於語言之前
這虛無的生活狀態
起先就把不住的風向

往往向東向南向西向北
飛鳥般地悠然擴散

回憶是流動的陷阱
把吐出的煤煙
又誘引進來
好像捉迷藏時在門檻跑出跑進的孩童
而自得其樂

這樣，一到秋天
回憶變成了癌
佔據最營養的肝臟部位
一面坐吃肚空起來

（1969.6.3）

　　〈回〉係以詩的型態，在描述著回憶的特性。回憶在黃昏及秋天裡，當人們閒下來時就比較會產生，而回憶也是在人類有語言之前即飄渺虛無的存在著的，回憶是以往經驗的回哺。〈回〉也是在描述人一到了中老年之後，其生活僅在於回憶而銷蝕掉其人生了。

◎情願被冷雨淋著

移植的曇花
在空氣調節的溫室裡
成了一副佝僂的形象

因為離棄了泥土
也就遺忘了陽光的親切

情願被冷雨淋著
為了期待一次真正的盛開
怎麼忍受也是甘心

（1969.6.3）

〈情〉描述失根曇花在溫室裡成了佝僂的形象，可是這曇花仍情願被冷雨淋著而有其「根」性，有其泥土與陽光的滋潤，這種詩是對「泥土」、「陽光」的禮讚。

◎雷雨傾洩著

雷雨傾洩著
他乾枯的心靈嘶喊著
「水呀，水呀！」

神志茫然的先知
把街道汙水潑濺給他
可是他依然嘶喊著
「水呀，水呀！」
終於他的心靈龜裂了
以飛鳥劃過黃昏之陶器的軌跡

（1969.6.4）

〈雷〉也是在描述人的錯覺與誤會為害之大的詩作。雖

同是水的，而有清水與汙水之別；雷雨傾洩下來的水是清水，掉進街道的水則成汙水，招致污染了。

在「他」的心靈裡，所嘶喊著的水、要的水是雷雨的清水，而神志茫然的先知給予他的水，則是汙水；同是水，然非其所望的，故「他」的心靈也龜裂了。這是一種悲劇，被世俗與誤解所犧牲掉的一條清新生命；在你我的社會中，這種現象是司空見慣的。

看了作者所寫的〈雷〉，我的眼前幻出一位失魂落魄的書生，那是窮酸不介的書生，他高舉著雙手仰望著向天，以充滿渴望的，去嘶喊著「水呀，水呀！」的，他是仰望向著天空的，望向雷雨傾盆的雨水的，而喊叫出他這心靈上的渴望；可是在他還沒有抓住水時，雨水就已洩進街道而匯成一股股的汙水。

此時有仁慈的先知出現了，可惜祂是神志茫然的神，祂發現了失魂落魄窮酸的書生在嘶喊著，因此祂急急的把街道上的汙水潑給了他。先知的心意原是要救書生的，是要滿足書生的需求的，可是書生仍然嘶喊著要「水呀，水呀！」的。

原來那書生的原意仍是在渴望著雷雨的清水，而那先知更茫然了、更迅急的把那汙水潑給了他，一聲聲嘶喊，一聲聲渴求，而書生仍是得不到雷雨清水的滋潤。

於是慢慢的，那書生高舉的雙手萎頓了，他的心靈因其渴望不得滿足而龜裂了，就像飛鳥劃過「黃昏之陶器的軌跡」一樣的龜裂了。

◎笑給紫羅蘭聽

他曾經笑給紫羅蘭聽
歌給三色堇，憂鬱給水仙
愛情給含羞草

然後公園關閉了
開闢成超級的停車場

如今他賣夜來香給淋病
黃菊給百日咳，白蓮給癲癇
玫瑰給嬉痞

（1969.6.6）

　　〈笑〉敘述一個「他」的今昔，以短短八行，簡單的笑、歌、憂鬱和愛情，用來描述昔日他的歡樂與青春歲月。

　　而賣夜來香給淋病、黃菊給百日咳、白蓮給癲癇、玫瑰給嬉痞；其實其著眼點即在於敘述淋病、百日咳、癲癇和嬉痞的猖獗。

　　然後公園關閉了，而開闢成超級停車場了。關閉公園而闢成超級停車場，似在描述都市的變遷，由公園中有笑、歌、憂鬱與愛的，而轉變成超級停車場中的有淋病、百日咳、癲癇和嬉痞的猖獗。這是都市集中化發展的畸形面，也是人類物質生活提高的副作用了。

　　〈笑〉也似在談論一個人的滄桑經歷。昔日他有笑、歌、

憂鬱與愛，而經社會的汙染後；現在的他只有一身的淋病、
百日咳、癲癇和嬉痞了。這是人類的悲哀，由天真無邪的心，
而成長為追逐世俗的權威、財富而墮落了。

　　（1978.05.14 母親節／刊 1978.08 笠 86 期／2011.11.24
改寫）

人生的無奈

── 兼析傅文正《象棋步法》詩四首

　　人生是由很多個失望、無奈與嘆息所組成的組合體；我如此的說，並非意味著人生就無歡樂的一面，只是在強調失望、無奈與嘆息對每個人的影響與作用之大而已。

　　人生無奈的產生，其主要原因係在於社會秩序規範的籠罩，在於人本身生老病死的宿命循環，也在於人與自然環境的偶或不合，在於自我慾望的自我控制等。

　　人生的無奈在於社會秩序規範的籠罩；此為適應人類社會的進步，為求社會群體中的個體和諧與秩序，所以這種無奈也是無可奈何的。若果個體對社會秩序與規範不予遵守，則社會秩序無以建立，故其無奈是無可奈何的。

　　人生的無奈，在於人本身生老病死自然循環的宿命。此是動植物界必然的宿命現象，故其無奈亦是無可奈何的事。

　　人生的無奈在於人與自然環境的偶或不合；自然環境有其時序與地理的變化，自然環境雖一再遭受人為的改造，可是自然環境並非為人類的生命而存在的，故其與人類相互間所孳生的有不和諧的現象是必然的結果，所以其無奈亦是無可奈何的。

　　人生的無奈，也在於自我慾望的自我控制而產生，而其自我慾望原本孳生於其自身的，而自我控制亦是孳生自其本身；以自我心智去壓制或否定自我慾望的滿足，而那自我慾望原本即為其自身力量所產生，故其無奈亦是無可奈何的。

　　傅文正處女詩集《象棋步法》中第四十七至五十三頁，概皆在於表現其無奈的心象，現略析該幾頁中的各首如下：

◎結領帶

　　公司規定所有的職員
　　都要結領帶
　　我猶豫著

　　公司如此地規定
　　目的是為著
　　讓別人感覺
　　我有紳士的樣子

　　結不結領帶是一回事
　　紳士不紳士也是一回事

　　若果，結領帶能變得紳士
　　那麼也讓我高尚高尚吧

　　〈結領帶〉一首，雖對結領帶有所猶豫的，惟因公司有此規定，故作者還是不得不如此的結著領帶。

　　第一節作者如此寫著：「公司規定所有的職員／都要結領帶／我猶豫著／／」，點名公司要所有的職員打領帶，而作者我則對打領帶有所猶豫與懷疑。此是群體意識對個體行為的衝突，有二意：一為規定群體（公司所有職員）打領帶與個體（公司各個人的單位）的衝突；另一為規定群體打領帶，而除我之外的群體皆打了領帶，因之打領帶的群體與不打領帶的單一個體（或不打領帶的群體）就孳生了衝突，欣賞了第一節，自然而然的心生懸念而急欲知道其究否打領帶？

　　第二節，敘明公司規定的目的，是要別人感覺「我」有紳士的樣子。

　　第三節，暢言領帶與紳士為零相關，根本沒有任何關係，這是「自我認知與醒覺」。

　　末節「若果，結領帶能變得紳士／那麼也讓我高尚高尚吧」，雖前有結不結領帶是一回事，紳士不紳士也是另一回事的自覺；但處在社會規範、公司規定之下，作者也不得不自欺欺人的認知接受一般大眾的看法，領帶與紳士是相關的而自嘲的說：「那麼，也讓我高尚高尚吧」，而去迎合規定，去結領帶！

　　回過頭來看，前言「人生是很多個失望、無奈與嘆息的組合體」，本來打不打領帶是我的自由，而紳士不紳士也不是以打領帶為唯一標準。可是公司卻如此規定：「公司規定所有的職員／都要結領帶」、「公司如此地規定／目的是為著／讓別人感覺／我有紳士的樣子／／」，公司認為打了領帶就成了紳士的樣子了；「我」為求合乎公司規定，合乎領帶與紳士的關係，「我」就不得不打領帶了，而那是一種無

奈的感受。

◎門

> 我只能永遠的站在這裡
> 被迫地開啟與關閉
> 反正我已經習慣了
>
> 雖然我不滿意
> 你們趾高氣昂的樣子
> 我也只得忍氣吞聲
> 默默地承受
>
> 若果進進出出是你們的一種習慣
> 若果從此不再有裡裡外外的分別
> 那麼，我知道
> 門，只是一字簡單而慣用的名詞而已

〈門〉第一節流露出一份無奈，而其氣氛的營造，在於使用了「只能永遠」、「被迫地」、「已經成習慣」等無奈的、被迫的、委曲求全的辭句，而令人感受到一種萬般無奈情愫的存在。

「門」有所不滿的，對於被迫地開啟與關閉，對於「你們」趾高氣昂的開啟與關閉有所不滿；可是門依舊是緘默著，在這無奈的環境中，只得無奈的忍氣吞聲了。

末節，「門」自身有一種自覺而認識了「門」只是一個

字而已，一個簡單而慣用的名詞而已。這種自覺的啟發，是由於若果進進出出既然是你們的一種習慣，而進進出出就必需經過門，我是「門」，故我必被開開關關的了。而若果是從此不再有裡裡外外的分別，則「門」的定義就更模糊了，那麼「門」就更只是一個字，一個簡單而慣用的名詞而已。

上項兩個若果，如以「門」的存在與不存在而劃分，似可分為二種：一為所言意念同為「門」的存在，則前者應指「門」的實體存在，以使其可以進進出出的，而後者言「門」的虛無（觀念）存在，以使其裡外而有別，則接下去的「那麼，我知道／門，只是一字簡單而慣用的名詞而已／／」較可以成立；另一為，所言一在存在面，一在不存在面，而使「門」有裡外之別，有裡外必有進出，故雖對被開開關關而有所不滿，只因自己是「門」，故只得忍受其被開關了，以達「門」本身的存在目的。

◎外務員

老闆時常的強調著
祇要是本公司的產品
就是世界上品質最好的名牌

父親口中說出的
我，是他最好的兒子

不管天晴或是落雨
在路上

　　我必須牢記著
　　老闆交代的話

　　為著讓父親的心情愉快
　　我也時常的把握著機會
　　準備把自己推銷出去

　　〈外務員〉頭二節陳述「敝帚自珍」的心理，後二節則遵依前二節的老闆與父親的觀點，而盡其在我的推銷公司的產品與父親的兒子了。

　　而其無奈的表現，在於理論與事實上本公司的產品並不一定是世界上品質最好的名牌，而我自己也並不一定是最好的人。只因在公司裡工作著，就得謊言公司產品是最好的產品，吹噓著以便推銷公司產品；又只因自己是父親的兒子，所以只得吹噓著，時時把握著機會推銷自己，多多表示意見，展現自己所知的與所會的，但是那些自己沾沾自喜的「所知與所會的」，有時並不是什麼多大的才能呀，有時只是一般的常識呀，何來值得炫耀。

◎瞎　子

　　面對徬徨的多歧路
　　憑著拐杖敏銳的感覺
　　必須要走
　　一步步的路

沒人扶持

明知前途已夠荊棘

仍得戰戰兢兢的走完全部的餘程

　　最後的一首是〈瞎子〉，第一節，其無奈在於瞎子面對多歧道路而仍要一步步的走下去，且走路時要憑藉拐杖「敏銳」的感覺而走，而不能憑藉走路人本身視覺感官的判斷去走；而這是多麼的諷刺呀！拐杖還會有敏銳的感覺嗎？

　　接著第二節，其無奈的心態在於明知其前途已夠荊棘，而仍得戰戰兢兢的走完全部餘程，而且又無人相扶持協助，並且僅得需要憑藉著拐杖「敏銳的感覺」而一步步的走那條徬徨多歧的道路。

　　〈瞎子〉一詩，即是在寫眼睛視覺器官上的瞎，其實又何嘗不是在寫心靈上的瞎呢？

　　無奈是一種短嘆，是一種忍耐力的表現；雖有消極情愫，仍不失要有積極面對的勇氣；而其無奈又何嘗不是自我解嘲？

　　傅詩以上四首，皆隱含「無奈」情愫而暗合台灣人順應天地的大道理。

（刊綠地 12 期 1978.09／2011.11.24 改寫）

巫永福作品〈氣球〉讀後

◎氣　球

像項鍊掛在胴體一樣
體態更嬌媚、更婀娜多姿，而且飄飄然
像被粗長繩索繫著的奴隸
高高在上

一朝登天
氣球興奮得幾呼歡笑出聲
有如夢中美境愁事全了
更似出世
即可遠眺又可俯看腳底的人間世界
看高樓默默及人車爭道

不管雨淋曝曬於烈日下
氣球都昂首挺胸以展示其存在
好讓腳下的人們瞻仰她的神氣
更希望能表露
她的歡心以及美妙之姿

整天不能休息的工作讓她疲倦難耐
又覺乏味想睡卻不能休息
只得隨風飄搖
在繩索的拘束裡
也有悲哀湧上心頭了

「你打扮得漂漂亮亮每天輕鬆遊蕩
還有什麼不滿足的啊！
自由自在地在高空漫步
就不應該不安分！
要知道祇有順從我的意思才有自由
你是不能掙斷繩索的
而且為了你的安全我時時在監視你
知道嗎？」

聽主人這麼說
氣球黯然神傷想哭
不能飛到更高更遠的地方
不能有自己的意志
說是「自由」，是嗎？

　　〈氣球〉的意念如同籠中鳥、檻中獸一樣，是以被囚者
的身分而歌出對自由的憧憬與自覺；亦如同傀儡被擺佈後的
自覺，而摒棄被豢養的享受而憧憬著自由，亦即對自由可貴

的醒悟。

　　記得有一首打油詩，其中如此寫著：「愛情誠可貴，自由價更高。」法國大革命亦叫出「不自由毋寧死」的口號，足見人類嚮往自由心意的一同，亦可見對嚮往自由意志之強烈與深刻的需求。

　　自由的真諦，係以不妨礙他人的自由為限，亦即自由有其範圍上之限制，係以不妨礙他人自由為限；若擴張自我的自由而妨礙到他人的自由，則就不能稱其為自由的了。而且自由應在法律規範與社會善良風俗下的自由，方可稱為真自由，否則只是干法亂紀。

　　個人的不自由，有以國家法令去干涉者，如獨裁主義、集權主義、極權統制等；也有被他人牽制而造成的；也有自甘墮落甘願受制於人者的，種種情況不一而足。惟一個有健全心理的人，對自由皆應極力爭取以達成，否則其生真不如一隻小小的麻雀了。麻雀是一種吵鬧且活躍的鳥，整天假日吵吵鬧鬧的飛來飛去，而且一旦被囚禁，也往往以咬斷舌頭自盡；可以說，麻雀是不被人類所豢養的，此無他，麻雀是海闊天空的鳥，不容被囚禁而失去自由。

　　〈氣球〉一詩，詩人先以旁觀者的立場來介紹其外表，而後再透視其內裡：氣球是飄飄然的，其美則美矣，只可惜如同奴隸一樣；而有這麼一個但書的語氣，當即點出其命運之可悲了。

　　第二節則以氣球本身，自述其一朝登天，就如同進入夢中美境，而因之興奮得幾乎歡笑出聲。此「幾乎歡笑出聲」，意為並未真正出聲，以言氣球實不能言語，故無法出聲，因

為它只是只得被擺佈的；此亦為後節對不自由的叛逆與對自由憧憬的起承轉合之處。

　　第三節再談其克盡職守的，勇於負責的精神了，以期獲得獎賞與報酬，也更想炫耀自己給在其腳底下的人間世界去看，而且還自以為自己一朝登天是多麼的光榮與可喜、可敬、可佩的事呀。

　　第四節描述氣球經過一朝登天的興奮，也勇敢負責的克盡職守、堅守崗位，以求顯示自我的存在之後，它業已感覺得到對不休止的疲憊工作難予忍耐，因之而乏味而欲瞌睡休息的，但卻不可得的無奈了。

　　它只得隨著曾給它美境與興奮的風，隨著它曾挺胸以顯示自己的存在的風，及歡心的美妙之姿的風而飄搖著；可以說，它已然變成了沒有思想的行屍走肉，只得在曾是送它一朝登天繩索的拘束裡而暗自感到悲哀不已。

　　第五節談到氣球的渴望與本詩主題。氣球想自由，想飛得更高、想向左右移動而却無此自由，因之在風中掙扎著，而滿懷的只是怨與恨而已。這時主人說話了：「你打扮得漂漂亮亮每天輕鬆遊蕩／還有什麼不滿足的啊！／自由自在地在高空漫步／就不應該不安分！／要知道祇有順從我的意思才有自由／你是不能掙斷繩索的／而且為了你的安全我時時在監視你／知道嗎？／／」

　　這是多麼大的諷刺呀，主人替奴隸打扮得漂漂亮亮，讓它每天輕鬆的去遊蕩，而奴隸就該心滿意足嗎？能在高空自由自在地漫步，就該安份嗎？順從主人的意思才有自由，且為了安全而著想的，主人還要時時在監視著，難道這就是自

由嗎？輕鬆遊蕩而被繩索束縛著，聽從主人才有自由，為安全著想而被監視著，這就是自由嗎？

　　全詩顯露對自由的憧憬與對不自由的哀傷。所謂「傀儡」，通常是想居高位以炫耀他人而被利用的人；惟當其不停的工作或被剝削以滿足主人之後，他對自己無自由的行屍走肉的生活，自當會自覺而起反抗之心，如若此時沒有實際上的反抗行動，恐亦會有反抗意識的孳生，而若有人甘願處處遵循他人意旨去當個「傀儡」或「木偶」，那是多麼悲哀的事呀，可見本詩實乃擬人化的詩作。

（1978.7.12／刊笠 87 期 1978.10／2011.11.27 改寫）

析李昌憲〈掙扎人生〉

◎掙扎人生

萬千急促的腳步聲
日日追趕
八點卡鐘塑造的秩序

大門關著

把機緣留在門外
把青春嫁給輸送帶
一年復一年
只為了生活

這女兒圈
多少眼神
期待人約黃昏後
月過柳梢頭
每一寸寂寞的顧盼
正踩著無法繁殖的愛情

醒來青春已逝

　　工業化社會本身就是一部大機器，每個人只是機器中的一個小零件，不管該零件是否佔有地位，皆為組成機器的一小部分。工業社會就是「功利社會」的他稱，每位社會成員皆須貢獻其一己的心智或者勞力，以獲取報酬，而方得生存下去。而工業社會也促進了物質的發展，享受慾望的提高，也引發社會成員對物質欲望的孳生與要求。

　　工業社會也是「秩序社會」，講究時間與人與機器的相互配合，所以而須有上下班工作、打卡的規定，而不像農業社會那種「日出而作、日入而息」的悠閒生活。當然啦，以上二者同為有時間的觀念，只是前者的時間觀念屬於點，而後者則屬於線。以上班來看，前者固定在某一時點之上，如八點或八點半等的，並無容忍的時間；而後者是日出而作日入而息的，並無強制性，如果今天不舒服，大可留至明天再做，而亦可日正當中的也去工作的。

　　男女二性的結合，是延續人類生命的一大課題。在農業社會裡，係由父母、長輩代為尋覓伴侶，而由媒妁之言以牽紅線；而工業社會雖仍有媒妁之風的延續，惟亦有在社交場合自己去認識的。由於在農業社會的媒妁之言，幾乎是絕對的，而安排兒女成親又是屬於父母、長輩的責任，所以男女的結合反而變成可依賴而又最為簡便了；惟在工業社會裡男女的結合，既有前述二法之相輔助的，本應更易結合，其實卻是不然。

　　常聽父母如此對女兒說：「自己找嘛！妳的學校、機關，

男生那麼的多，何愁嫁不掉！」而若是父母代為尋覓伴侶，女兒又常有此為不合潮流之慨，媒妁之言是古董觀念，因之又不易接受；而如此一來，二輩間在思想上或行動上就有距離了，是都有責任的也是都沒責任的情況下，就造成了不少的不婚現象。當然啦，女性不婚原因甚多，非僅如上所述，其他諸如女性擔任經濟生產的角色，因繁忙於工作亦是原因。

楠梓加工區，筆者曾去過一趟；筆者曾於七、八年前去過楠梓。那時一進楠梓的大門，各工廠林立，櫛比鱗次而互有間隔的，如同其他的工業區一樣；只是在楠梓加工區，外圍築以高大無比的圍牆，而其高度足可媲美監獄圍牆而有過之無不及。

那次巡禮，最讓筆者印象深刻的是：在上班時，其圍牆外的大柏油路上，擠滿了一輛輛的腳踏車；而那些腳踏車像是洪水開閘在奔逐一般的，是由每個家庭鑽出來的小雨滴所匯聚而成的，而其流向則是前進到加工區，而其出海口則是加工區的大門。

當每個騎在腳踏車上的人，差不多都是以同一的速度在飛逐時，而且是清一色的是女生時，那種壯觀景象真是令人震撼。臆測今日的楠梓，想必仍是改變不多的吧！

李昌憲的〈掙扎人生〉，即是在寫工業社會的呆滯、無奈與機械枯燥的生活，雖有希冀與盼望，而更顯得其孤單與虛耗青春的時光了。

第一節主寫枯燥、機械的生活。楠梓加工區的從業人員都是被卡鐘所控制住的人。卡鐘是機械性的，卡鐘表示的時間亦是一成不變機械化的，而一般工人上、下班皆需接受卡

鐘的指揮與管制的了。

　　在八點一過即為遲到的，一遲到即屬違規，而應扣其工資或獎金或休假日，故每個工人都必須追趕卡鐘的秩序，而在其秩序下過著呆滯的生活。

　　第二節寫孤單。李昌憲如此寫著：「大門／關著」，短短四個字，即點出楠梓加工區女工情感的孤單。而此孤單主寫在心理上的孤單，加工區的大門一關，就與外界隔絕矣，而加工區男女的不成比例，尤其工人更是清一色的女生居多。寫此景之意，是在凸顯無異性調和於其間的；而寫心理的，即是不管其在心理上是如何的思慕，可是她也無法去追求去接近的了。

　　第三節寫大門一關的，同事又是清一色的女性，何能認識到異性，因之機緣就被摒除在門外了；而其青春也一絲絲的被輸送帶吞噬掉了，而如此一年復一年的，只是為了餬口而已。在這種工業社會裡，每個人皆應參與生產行列，才能糊口呀！

　　而最後的一節，更加重其渴望慰藉的意念了，由第三節的青春嫁給了輸送帶，轉而為正面單刀直入的指出「多少眼神／期待人約黃昏後」，「每一寸寂寞的顧盼／正踩著無法繁殖的愛情／醒來青春已逝／／」，其語氣是一步進逼一步的扣人心弦。

　　「正踩著無法繁殖的愛情」，指其愛情僅是一種幻想，也可以說是如同睡夢中的愛情；而其愛情是虛幻的，所以無法滋長亦無實質上的繁殖（生產）行為。虛幻的愛情，既是無法生殖的愛情，所以醒了過來以後，其青春已凋謝，而人

也已人老珠黃。

　　該詩的「日日追趕／八點卡鐘塑造的秩序」，而年復一年的把「青春嫁給輸送帶」，其「日日年年」對意境的塑造，產生了無孔不入的景象，而其速寫意境又如拍攝雙軌道，正面的近景是寬闊軌道，而越往裡前進則越是深入，最後而為重合，而點出女人青春的終點，那是青春已逝，甚是扣人心神。當然，筆者此處所言女人青春的終點，其用意僅是非常推崇女人的「青春時期」而已，別無他意。

　　（1978.4.5／刊綠地 13 期 1978.12／2011.11.28 改寫）

讀林外〈豬的話〉有感

◎豬的話

嗚嗚嗚　也是歌唱

哼哼吼吼　也是一種快樂

飲食

女主人會供奉

國王的生活我雖然不知道

和國王又有什麼兩樣

老虎、獅子　我也不羨慕

睡著了　都和豬一樣

要睡覺　我比誰都強

總有一天會死掉

與其在山野上腐爛

供人做菜餚　比什麼都好

供人做菜餚　比什麼都好

　　〈豬的話〉，以豬本身的觀點或者人所自以為是的豬的
觀點而敘述著「豬」。如果談到豬或者談到常見的豬，那是
被豢養在豬檻中的，整天吃喝睡覺而被豢養得肥肥胖胖的。

　　豬不僅是懶且是髒的，即使睡在自己的排洩物上，牠仍能安然入睡。當然據筆者所知的，山豬是蠻聰明且行動迅速的豬隻，有時甚且是兇猛狡猾的，如遭其攻擊，有時是可致人於死地的，可見山豬並非林外所言的豬。

　　林外的豬，是安於現實且自得其樂的豬，而這也是很宿命的行為。所以只能對自己，雖只是嗚嗚哼哼的不能唱歌的哼聲，亦自以為是歌唱而自得其樂；雖僅是蠢蠢的、無獠牙的、無利爪的，而仍不羨慕獅虎之健力。牠雖一無所長的，亦以能睡、睡、睡而自豪著；牠雖明知女主人的供養，目的是冀望以其為菜餚的下場，而仍能自滿於非曝曬在山野上成為腐爛的結局為驕傲。

　　環觀人類社會，人各有志：有人終其一生孜孜於名利者；有為社會慈善貢獻一生者；有為金錢銅臭味而追逐者；有為國家民族利益而終其一生者；有為三餐溫飽而奔波者；有為一顆鑽戒、一塊黃金而勞碌者。

　　而何為有價值，何為無意義的？這真是見仁見智的問題了。人心是多面向的，所以有很多事情與觀點都很難有定論，到底何為好？何為不好？

　　誠如林外的〈豬〉，既無利爪、無獠牙，也無任何可作為作威作福的利器，而且僅能在女主人的供養下生存著。而且牠一旦長成為大豬，即為女主人的菜餚而無遺憾的，我們能說牠的觀念就是有偏差嗎？不是的，雖然林外的〈豬〉，其安於現實固屬消極。

　　惟其消極亦有其積極面，至少能守成呀，至少不至於爬得高跌得重。當然啦，依筆者觀念，此種安於現實的人應是

屬於智慧中下之人方可為之，而且人也是大致多屬於此類，而真正有大睿智者，其實沒有幾個。又若為上智而安於現實者，則未免有失其天賦睿智了，誠屬不可取。孫中山先生說：「有一人之智，應服一人之務，有十百人之智，應服十百人之務，有千萬人之智，應服千萬人之務。」此誠應為我人深以為誠者。

（刊笠 95 期 1980.2／2011.11.28 改寫）

析楊傑美〈送某領班退休〉

◎送某領班退休

吃了幾十年頭路
最後什麼也沒有留下

枯皺得像一根乾柴的手
顫抖著
提起筆來
在厚厚的簽到簿上刻上自己
歪歪斜斜
愈來愈削瘦蒼老的名字

那一刻，起自你即將涸竭的心湖
從　日本礦業株式會社
到　日本帝國石油株式會社
到　中國石油股份有限公司
熬了幾十年才熬出來的
一滴淚
終於沿著你搐動的眼角

重重地掉了下來

終於重重地撞擊著
你的
我的
我們一顆還會共鳴的心

　　雖然有人會說：「人生七十才開始」；惟此應作為積極
面向的作為，亦即要人老而仍有進取心，有幹勁，有對國家
民族與社會貢獻才力之心志者，而不應有頹廢、散漫之心。

　　一個公務人員或企業從業人員工作了幾十年，在屆滿六
十五歲或某退休歲數時，其力已不從心，其心已蒼老；而且
後浪推前浪，能自己退休下來，讓後進者有升遷發展機會，
而且促進機關、機構新陳代謝，其作用實屬良善。惟以退休
人員來看，除非其退休後心志有所寄託，否則退休後，因已
無工作逼迫而不能激發其潛能，反而更易蒼老。

　　常聽人說：某人退休沒幾年即已去逝，當然年過六十五
已屬古稀之年，陽壽實屬不長矣，但因退休而無寄託，此或
亦為其老去的重要原因了。

　　對於「退休」而言，我們應該如此確立一個觀念：退休
是人生的一個分界點，劃分為受制於人與得隨心所欲二階段
的分水嶺，退休是從公或在私人機構有規律工作的終結，亦
為可隨心所欲階段的開始，可以過過閒暇生活，退休是苦勞
的終結與報酬，因之應善加使用退休後之餘年而安享。

　　當然，退休對一生辛勞無恆產的人確是一大殘忍事，此

即有賴社會福利制度之推行了；於其有所得時，扣予其退休儲金並鼓勵其購買退休保險。

　　楊傑美〈送某領班退休〉一詩，在敘述某領班幹了幾十年工作，最後什麼也沒有留下，比如說那些世俗人所追求的財產、名望都沒有；尤其是供給自己退休後餘生經濟生活上所需的，有其存在價值已然在被完全剝削之後，公司並沒有給予任何體恤或重視的。

　　在退休當天，某領班他顫抖著他枯皺得像一根乾柴的手，在厚厚的簽到簿上刻下自己蒼老的名字，這時他驟然想起幾十年來工作機構的變遷與歲月的消逝，不禁而愴然淚下。

　　該詩第一節的「最後什麼也沒有留下」，以及第二節的「枯皺得像一根乾柴的手」、「顫抖著」、「在厚厚的簽到簿上『刻』上」、「歪歪斜斜」、「愈來愈削瘦蒼老」等意象與辭句，相繼營造該詩一股濃郁悲愴氣氛，令人憾儡心神。

　　該詩氣勢集中在第二節「枯皺得像一根乾柴的手／顫抖著／提起筆來／在厚厚的簽到簿上刻上自己／歪歪斜斜／愈來愈削瘦蒼老的名字／／」，他由於年老而枯皺，或者由於心性衰老而枯皺得像一根乾柴的手，早已顫抖而不能自制了，如今在最後一天的簽到上，想起幾十年歲月就這樣耗在上班下班、工作又工作的單調日子上，而其所獲得的報酬又是什麼呢？

　　正如第一節「吃了幾十年頭路／最後什麼也沒有留下／／」，真有南柯一夢的氣氛。而且幾十年歲月，雖什麼也沒有留下，但在退休前，總是有工作有寄託有希望；而今由於年齡關係被迫要退休，自今而後的已沒有工作了，也沒有寄

託了，所以在最後一次的簽到簿上，其哀悽之情，其依依不捨之意，更使顫抖之手更加顫抖了。

由於他是幹了幾十年才熬上領班的位階，可見其執筆書寫的機會不多，因之簽名早已是費力之事；而今在百感交集的情緒上來簽這最後一次的名，其簽名當然更有深重刻上之意。

又第一節有「最後什麼也沒有留下」的自覺，因之在最後一次的簽到上，不免有很費力的「刻」上自己的名，冀求留下一點什麼的補償心理或者失望、絕望的情緒產生。

由於他的顫抖，由於他的瘦削，由於他的蒼老，由於他的依戀或絕望，因之所刻上的名字歪歪斜斜的。名字所以越來越瘦削、蒼老，乃因其年紀也越來越年老，或者距退休之日越來越接近，因之刻上的名字自會日漸瘦削、蒼老，而此係其身體或情緒所使然。而「愈來愈削瘦蒼老的名字」就是一種寓意了。

（1979.02.16成稿／刊1980.06笠97期2011.11.29改寫）

讀陳坤崙《人間火宅》詩集

　　也許如同陳坤崙在後記所言：「這幾年來，為了生活到處奔波，庸庸碌碌，受了種種挫折。」

　　翻開本詩集《人間火宅》，它給我最大的感受就是：這是一個好冷的世界。舉凡集子中的：〈媽媽沒有留下一句話〉、〈吸血鬼〉、〈舊車〉、〈蛆蟲」、〈臭水溝〉、〈木麻黃〉、〈天空的臉〉、〈泥土〉、〈我的職業〉、〈午睡的工人〉、〈雨滴〉、〈蛇〉、〈瓶仔爆炸了〉、〈養豬〉、〈夢話〉、〈鋤頭〉、〈牛車〉、〈石罅中的野草〉、〈牛〉、〈播種〉、〈畫眉鳥〉、〈爸爸舉起鋤頭〉、〈掙著呼吸空氣〉等均屬之。

　　以下略析該詩集中〈媽媽沒有留下一句話〉、〈午睡的工人〉、〈石罅中的野草〉、〈牛〉及〈掙著呼吸空氣〉等五首。

◎媽媽沒有留下一句話

媽媽
躺在病床上
把嘴巴閉得緊緊的
把眼睛閉得緊緊的
（甚至把耳朵也塞起來了）
生活的負載

　　使媽媽無話可說
　　甚至連離開
　　她心愛的孩子
　　也無話可說

　　〈媽媽沒有留下一句話〉，前節病床之「病」字，即把媽媽所以躺著、閉著嘴巴和眼睛的原因點明了，而毋須其他的贅辭去陳述；而後節重覆著「無話可說」一辭，則含意更有無限遠的延展性。而其後之「無話可說」，均可解為堅忍、奮鬥之意，亦即可解為疲累不耐煩，而若以筆者來看，似以疲累不耐煩解之，更顯得本詩「無可奈何」的惋歎與無能為力的哀傷，而此即點出了「人」的細微渺小。

◎地板是我的床

　　便當盒是我的枕頭
　　我們隨便地躺在地上睡覺
　　你躺這邊
　　我躺那邊
　　你不會笑我
　　我也不會笑你
　　你我同是蓋房子的小工
　　生活在世界上
　　好像被水泥黏住的一粒細沙
　　去溫暖屋裡的人
　　地板是我的床

便當盒是我的枕頭
屋裡的人啊
你們安眠我們也一樣安眠

〈午睡的工人〉是一種即景詩，我們常可在工地附近看
到的景況。在炎熱的中午，三、五工人以便當盒當枕頭，就
躺在草地上或剛除去模板的水泥地上，而他們是那麼無拘無
束的，是那麼安詳無爭而沉睡著，連過來過往噪雜的人群聲，
也搔擾不了其夢。

而最後的一句「你們安眠我們也一樣安眠」，則含有著
太多的安適與和諧，也有一點阿Q的味道，而沒有一點點的
暴戾怒氣。當然啦，由這一句也可看成是一種自嘲，也有點
阿Q似的，或者是具有視富貴如浮雲的高尚情操。

◎石罅中的野草

不知是那一個無聊的人
放下一塊厚重的巨石
狠狠地壓著我

從此過著悽涼而黑暗的生活
祇好往下扎根
想盡辦法往上生長
而厚重的巨石却狠狠的壓著我

最後只有選擇藤蔓一樣彎著腰
沿著巨石的裂罅生長

成為石罅深淵裏的一株小草

〈石罅中的野草〉一詩,詩裡的一株小草在被巨石狠狠的壓著以後,就過著它悽涼而黑暗的生活了,它祇好往下扎根以求立穩自我以後,再想辦法往上去生長著;可是卻在厚重巨石狠狠的壓著,讓它紋風不動,最後只得選擇如同藤蔓一樣的彎著腰身,沿著巨石裂罅而生長出來,因此乃成為石罅深淵裏的一株小草了。

此詩第一節「不知是那一個無聊的人/放下一塊厚重的巨石/狠狠地壓著我//」是表小草生存環境的惡劣。

而第二節「從此過著悽涼而黑暗的生活/祇好往下扎根/想盡辦法往上生長/而厚重的巨石卻狠狠的壓著我//」;其往下的扎根、往上的生長皆是一種求生的毅力,「而厚重的巨石卻狠狠的壓著我」,表示環境壓力大得不可抗拒。

所以末節「最後只有選擇藤蔓一樣彎著腰/沿著巨石的裂罅生長/成為石罅深淵裏的一株小草//」,是在言小草只得無奈的、沒有選擇的、妥協的、屈服性的生長著;也就是說,它就應順應環境以求突破困局,所以只得變成藤蔓一樣沿著石罅深淵而生長著了。

◎牛

蹲在樹蔭下
靜靜地反芻的牛
慢慢地細細地咀嚼
今天走了多少路

　　今天犁了多少田

　　今天載了多少穀物

　　今天吃了多少雜草

　　今天被主人用鞭子抽打幾下

　　想到這裡

　　禁不住嗚咽地掉下眼淚

　　為什麼替人辛苦工作

　　還要挨鞭子抽打

　　難道祇因我們是被穿鼻的牛嗎？

　　〈牛〉從牠「蹲在樹蔭下／靜靜地反芻的牛／慢慢地細細地咀嚼／」為起首，而後回味到「今天走了多少路／今天犁了多少田／今天載了多少穀物」，也就是牠今天工作勞累了多少；而後牠又是「今天吃了多少雜草／　今天被主人用鞭子抽打幾下」的賞罰比較了。

　　然後「想到這裡／禁不住嗚咽地掉下眼淚／為什麼替人辛苦工作／還要挨鞭子抽打／難道祇因我們是被穿鼻的牛嗎？／／」；此即在反問替人工作還要挨鞭子是什麼道理？可是經過自我思考，確實可信的其答案並無相關的道理存在啊！因之禁不住嗚咽地掉下眼淚。然後牠又再細想反問的，最後終於找出一個感嘆自我命運不濟的原因了，而那就是：「祇因我們是被穿鼻的牛」，只得聽候主人的傳喚與擺佈，為主人勞累而挨鞭子。這是一種自怨自哀，也是一種很宿命的心態。

◎掙著呼吸空氣

空間那麼大的水族館
熱帶魚
通通擠在水管的出口
掙著呼吸新鮮的空氣

〈掙著呼吸空氣〉僅只四行；但已把對自由的渴望、欣悅表現了出來，也把求生慾望表現了出來。

而其「掙著呼吸空氣」，用的是「掙」字而非「爭」字，此「掙」字有用力之意，係對自我的要求，隱含著掙扎、掙命的；而「爭」則是不相讓的，有爭奪、鬥爭之意，也有為對方的，而有相對者存在。

水族館是過大的了，儘可悠遊的了，但其大難道能與湖泊，甚至與海洋一樣大嗎？當然不會的，所以作者寫著「通通擠在水管的出口／掙著呼吸新鮮的空氣／／」。

社會是絕對無法十全十美的，而要求其完美，首要的就必須指陳弊端，謀求改進之道。

而因個人才智有別，個性不同，所以有人是以痛陳其弊病並提出改善之道；而另有人則是單純描述指陳弊陋，以讓有心人知所警惕，尋求解決。以上心態，均是要求社會更真、更善、更美。

陳坤崙的詩，從以上六首觀之，似均屬後者；係指陳弊病而期人人知所警覺，以冀求社會之更真、更善、更美。

（曾刊 1981.02.01 自立晚報〈文化界週刊〉／2011.11.30 改寫）

析李魁賢〈鴿子事件〉

◎鴿子事件

繞了一圈又一圈
朝家的方向飛
驚心的紅幡
還在招搖

天空很冷
繞了一圈又一圈
眼看著家
卻無法停落

繞了一圈又一圈
家
愈來愈模糊
只剩下一紅點

　　在一般人的情感裡,「家」的涵意可以詮釋為「避風港」;
而從小時的成長,以至於長大後,受到了挫折的撫慰,莫不

是經由汲取「家」的溫暖而得之的。

俗語說：「金窩銀窩不如自家的狗窩」，又說「在家千日好，出外一日難。」為什麼呢？首先應談到家的成員，家的成員均是你最親密的人所組成的。再看周遭環境，家中的每個角落、每件物品均是你所熟悉或者你的血汗所掙換得來的，而這就足夠讓你有安全感了！何況再談及家的氣氛之融洽、誘人，與其相互的協助、尊重的調和了。

在往日家是生養教育的場所；而在今日，則由於社會分工細膩、國家公權力極力擴張，有很多事情均已由國家去承擔，但家之為安樂窩的形象，則是一如昔日並無改變。

李魁賢〈鴿子事件〉，以短短三個小段，表達其情感的起伏，即：企盼→悲傷→失望→絕望→消失，而把讀者的心弦緊緊扣住。

鴿子是最有戀巢性的飛禽之一，古人常利用其戀巢性而作為通信工具等之用；鴿子亦是最恐懼紅色飄動物體的飛禽，而人們也常利用此特性，在鴿巢上搖動著旗幡以迫使其繼續在空中飛翔而不敢降落，以達到訓練其飛行耐力之目的。

李魁賢〈鴿子事件〉是在描述鴿子對家的情感，對家的戀眷，而企盼回家降落憩息的感情；可是家中有「紅幡」在招搖揮舞著，因之而不敢飛下去停足休息，因之而迫不得已的離開了家。而家沒有了鴿子，而鴿子也沒有了家，這是多麼令人悲傷的事呀！

有一句成語叫「揠苗助長」，在鴿舍上搖著驚心的紅幡，其目的是訓練鴿子的飛行耐力；但是如果鴿子過度的勞累，超過牠的飛行負荷能力，則常會迫使鴿子迫降到他家去了，

人而能不慎乎！

當然，若以最後的紅幡「只剩下一紅點」的字意內涵來看，那是鴿子棄絕了「家」的歸宿，亦即鴿子因在家遭受到不可抗力的震驚而歸不得的傷痛，也因歸不得所以就棄絕了家，以此觀之，該詩亦隱含反抗意識在內。

鴿子雖因對家有很大的企盼與戀巢性，極願回家，然因有「紅幡」的驅迫而有家歸不得，所以牠只得遠離了家，拋棄了家。

依筆者淺見，該詩之成功，得力於人對於「家」均有其戀眷性與好感，所以很容易的我們會對鴿子因懼於「紅幡」的招搖而有家歸不得的哀悽，產生同理心與凄美感。

在春節時，我們常可見春聯：「處處無家處處是家，年年難過年年過」，當我們見之，能不油然興起凄涼與無奈嗎？

又因使用「紅幡」只剩下一紅點的反客為主的觀念，造成一種反抗意識，反而有一種自我解脫的輕鬆感。而又因與一般的寫法：鴿子消失了，以「巢」為主的觀念有別的，而使該詩有較為突出的意象產生。

（1980.09.25 成稿╱刊 1981.02 笠 101 期╱2011.11.30 改寫）

讀黃樹根〈劇中人〉詩一首

◎劇中人

什麼時候上演都無所謂
反正幕終　終要鈴響
反正都是一回逃亡

如何逃亡　逃亡何去個方向
邊界如煙
茫茫

誰都說愛情淒美
翻來翻去
笑一陣扭曲一把臉
我還是扮演無所謂悲劇中的一名配角而已

　　我常認為每一個人都是一樣的，不管是當大官、做領袖，
或者從事偉大事業的文學巨擘、企業家、宗教家等，其人生
的過程都只是到這個人間來扮演一齣戲，只是演劇場中的一
個角色而已。

　　戲演完了，幕也榭了，而自己也拍拍屁股的「散鼓」了，大家也都走了；又有什麼帶走了的，又有什麼留下的了。

　　當然，有很多的偉人會留下其在政治、經濟、文學等領域的豐功偉業，而讓當代或其後世代人無窮的享用著。固然，也有很多人，當他在世時是賊害當代，而當他去世之後，仍是遺禍後人；但在個人的眼中，那也都只是人類歷史的一個小小過程、小小波浪，也只是一個小小的變調而已！

　　以每個人的一生來看，除偶而的、短暫的喜樂以外，其實其生老病死皆是苦痛的，均是使人憂鬱、傷心的，甚至於是絕望的事。

　　古人常說：人生不如意事常有十之八九；也就是說：在人生裡不如意的事多，而如意的事很少。

　　記得筆者曾參加過教會的聚會，就常聽到教友如此的禱告主：賜給他喜樂。足見在教友心目中，是視得到喜樂為第一要務。反過來說：也是因為人生喜樂的事稀少，而希冀得到更多的喜樂。當然，有時他們是禱告主，說信了主就有喜樂，這句話就變成「主」是個人心靈的寄託，由於信奉了「主」，有了依歸，因之心靈有平安，心靈也有喜樂了。

　　此外，記得家母在拜拜時，都是在祈求家人平安的。而當我經過廟宇時，有時也會暗禱神給予我家人平安。中國人有句話：「平安就是福。」，也就是說：沒有大風大浪，能過著平平安安的日子，順順當當的生活就是福氣。由此可見宗教信仰都是給人一種精神上的安慰與寄託，讓那些生老病死的痛苦事淡化，而求得心靈上的慰藉。

　　在人間裡會留下豐功偉業或者遺臭萬年的人，畢竟是太

少數了，也就是說能為當代的主角太少了，而絕大多數的人都是飾演小人物或者飾演沒沒無聞的角色而已。當然，這些默默無聞的人物，匯聚起來就是這個人世間社會的基礎；沒有這些人，所謂的偉人或者巨梟也不能成就其「事」的。但這些緘默大眾，若果拆成一個個的人，那真是對這人間的巨流，一點也不會有任何的影響。

　　黃樹根的〈劇中人〉，即在描述這些緘默的大眾，「我還是扮演無所謂悲劇中的一名配角而已」。他以「都無所謂」、「反正終要」、「反正都是」、「何去個」和「而已」等的辭語堆砌，來表示個人存在價值的迷惘，也描繪出個人存在的無奈與否定。讀後讓人深感其詩氣份沉悶，心情悒悒。

　　相信有很多的人會說：這不是在寫我自己嗎？因此而抖動自己的心弦，想到現在的我，想到過去的我，想到人的命運是多麼的多舛，多麼的無奈，多麼的默然、平凡、被動與被漠視。

　　黃樹根的〈劇中人〉，收錄於作者出版之《黑夜來前》。《黑》集計收錄五十餘首，係作者選自民國五十九年至六十九年，十年間作品的結集。

　　（作於1981.07.31／刊1981.08.16自立晚報／2011.12.01改寫）

讀趙天儀「陀螺的記憶」輯

　　文藝作品在於反應作者所累積的生活經驗，並以其理念與情感反應，而把其生活經驗加以剪裁、組合，再依本身的素養，用經濟流暢的方式架馭文字而表達，詩自也不例外。

　　翻開趙天儀的第三本詩集《牯嶺街》，其中第一輯「陀螺的記憶」詩八首來看，除第一首〈晒穀場〉以外，其餘均與戰火有關，是描述二次大戰的戰火及當時其周邊的詩篇。趙天儀的童年正處於二次大戰前後，身歷戰火洗禮與其陰影的籠罩，因之對戰爭的魅影殘留其心田中，及長乃抒發為詩作。

　　趙天儀的詩，一向走的四平八穩，是腳踏實地的作風，不以文辭取勝、不以華麗辭藻掩人耳目，也因之而展現出其一貫的樸拙、質情、紮實的風格。

　　尤其可貴的是：渠自從事詩評、詩創作以來，一直沒有中斷在詩業領域裡的開墾，而且可斷言的，是渠未來也不會有所中斷，直到永遠永遠。他這種對詩神的堅持與頂禮膜拜，在國內詩界是少有的碩果，也因之更顯示其詩情之真切。

　　以下列舉其〈曬穀場〉、〈五張犁的一幕記憶〉、〈午夜〉、〈最後的黃昏〉、〈蓖麻與蝸牛〉、〈陀螺的記憶〉，共六首於後：

◎曬穀場

覆蓋著稻草的穀粒
堆積為一圓錐形的立姿
猶如穿麻製的簑衣
守望著風雲密佈下的穀倉

那帶隊的母雞　一邊啄食
一邊召喚
即使是一粒稻穀
或是一條蚯蚓　也啾啾地啄食
召喚著幼雞吞入膨脹著的喉嚨
是驟雨滂沱的傍晚
農婦一面打開窄門的小木屋
一面呼喚　狼狽的雞群
咻咻嗚咽的鴨隊

曬穀場林立著　圓錐形的穀倉
使我聯想著兒時拾穗的時光
在雨後易逝的暮色中
覆蓋著的稻草　雖未曬乾
却洗淨了一片新綠的田疇和阡陌

〈曬穀場〉一詩，在寫鄉村的農家生活和農家景色，以及母雞照顧幼雞的天性。如果曾有過鄉村農家生活體驗的

人，那麼讀來就會倍感溫馨與純樸；彷彿時光一下子又倒回到昔日的鄉村生活了。

◎五張犁的一幕記憶

一陣呼嘯的聲音
一串爆炸的聲音

是山崩
是地裂
是天旋地轉
像強烈的地震一樣

城裡的老家
在遠方
一團火
燃燒起來
燃燒起來

盲者的阿公
咀咒著
祈禱的阿媽
誦唸著
「南無觀世音菩薩
南無觀世音菩薩
……」

通紅的照明
是無數的烈焰
反射著
胸部的天空
在遠方
父親守望著的老家
正是火災的城

當母親也重覆地
誦唸著祖母的佛語
地震般地
再度搖撼起來
正搖撼著咱們的土地
咱們的屋宇

是一種機槍地面掃射
的一陣呼嘯
是一連炸彈引火開花
的一串爆炸

泥磚傾斜著
防空壕倒塌著
而電燈恍如不定的鐘擺
像強烈的地震一樣

當岑寂的瞬間
在聲音逐漸消失的剎那
火災的城
正通紅滿天
昇起了如墨的黑煙……

〈五張犁的一幕記憶〉，係以骨肉分離，掛心遠方親人
為經，次以自身亦受到戰火的肆虐，以加強對戰爭的恐懼感、
對親人惦念的心思，而描繪出一幅對戰火燃燒的恐懼、不安
與排斥。

◎午　夜

午夜　野犬吠聲悽厲
歸魂顯現　莊稼人這麼說著
記得那座水墨畫的竹林
風與葉耳語
竹隙的星輝打著冷意的寒噤

我的童年　隱藏著
竹林裡神秘的記憶
那丈夫出征南洋而瘋癲了的日本婦女
那夫君炸死於機場而穿麻衣啼哭著的農家婦
還有老太婆嘴裡唬小孩的虎姑婆的故事……

午夜　緊緊地蓋著棉被
野犬在遠方　吠聲悽厲
是誰歸來　打村野走過呢
據說歸魂像影子一般地若隱若現
我傾耳諦聽著……

　　戰爭常使人類傷亡無數，也造成骨肉分離，導致社會問題與家庭問題於焉大量產生，社會動盪、人心惶惶；而戰爭中冤死、屈死、戰死的事也是免不了。所以在戰爭期間及其後，自然會產生許多鬧鬼的傳言；〈午夜〉一詩，就是在描述作者於童稚時，聽多了冤魂顯現的傳言以及虎姑婆的故事等，所造成的恐懼心態。而所謂的冤魂顯現，據說在午夜時分為最多，所以天越黑，夜越深，犬吠越悽厲，越是令人感到恐怖與孤單無依；所以趙天儀如此寫著：「午夜　緊緊地蓋著棉被／野犬在遠方　吠聲悽厲／是誰歸來　打村野走過呢／據說歸魂像影子一般地若隱若現／我傾耳諦聽著……／／」。

◎最後的黃昏

豌豆棚下
溪流蜿蜒而來
延伸而去
菜園的暮色
玫瑰叢的晚雲
我凝視著

有草尾蛇
脫了皮的遺殼
有土撥鼠
挖過了的地窖

那戰火瀰漫的年代
黃昏燃燒著
沙漠般的紅雲
溪水時乾時漲
雨季遲遲
却醞釀著洪荒的雨量

父親的話語
用靜默啟示著
母親的眼神
用默禱傳遞著

當葫蘆狀的原子彈
昇自廣島
昇自長崎
啊　這最後的黃昏

在我童稚的心靈上
戰雲

將從青空抹去
頭顱
將從防空壕探出來

當我還依戀著
　　蝦籠的時候
當我還撫摸著
釣青蛙的竹竿的時候
當我還茫然地掛著
異國的國籍的時候

世界
已撥開了雲霧
地球
已朝向了黎明的曙光

溪流上
且探我童年的影子
草叢上
且踩我時光的跫音

在這最後的黃昏
依然　我還是那麼
天真而無知
當夜色

跨過西方的山崗

日本天皇　在播音機上

正以懺悔

而激動的泣著音

廣播著投降的消息

　　〈最後的黃昏〉是描述在戰火瀰漫的年代裡，大人都在默禱戰爭能早早的結束，而生活得以恢復平安度過；而小孩則尚朦朧於戰火的威脅，至多只是跑跑防空洞壕而已，或者瞥見戰雲在青空中綻放。戰火的平息，只是把童年截分為二：一為異國籍，一為回歸祖國而已。本詩以童稚無知之心，襯托戰火之危殆、恐懼與殘暴，而更加深帝國主義以侵略為目的，發動戰爭之非是、不值、不名。

◎蓖麻與蝸牛

當太平洋的風雲正節節地逼著日本皇軍

塞班島已玉碎　菲律賓已被光復

而臺灣在盟軍跳島戰鬥的登陸戰中

卻閃過攻擊的箭頭而指向沖繩群島

什麼蓖麻少年喲

什麼君　　少年喲

在我們課餘勞動的菜園裡

移植一棵棵的蓖麻　結著刺狀而赤紅的種子

說是可以煉成植物油來取代軍用油

說是可以支援神風特攻隊去撲滅米國的航空母艦
在預科練之歌的行軍中
我們不知戰爭是什麼　我們只曉得 B24 轟炸機威力無比

當空擊警報響遍了島上的天空
來不及躲進防空壕的我
一個來自都市的孩童　窺探著樹隙間
一個飛行縱隊的 B24 轟炸機掠過高空

那該是我曾疏開到那裡的一個鄉村的農家
院前有一個曬穀場
院後有一口幽深而清涼的古井
且常有移植自非洲的蝸牛散步在露水未乾的草地

那是為煉油而種植的蓖麻
那是為軍用罐頭而移植的蝸牛
一個是無法出現奇蹟的植物
一個是肉味無法令人消受引誘食慾的動物

當人類有史以來最具威力的第一顆原子彈
在廣島昇起了葫蘆狀的原子雲　第二顆原子彈
在長崎放射了威力無比的原子放射線
終於打破了日本帝國主義者軍閥們的噩夢

而今那些蓖麻已塵埃落定　不再有人繁殖

而今那些蝸牛卻已遍野滋生不再有人製成罐頭
每當憶起烽火下的童年　在田間小徑漫步的時候
想起了那些蓖麻那些蝸牛　就想起那些帝國主義者的
無知、狂妄與荒謬……

〈蓖麻與蝸牛〉是對侵略者瘋狂備戰的描述。盟軍採跳島戰術時,大戰已瀕臨結束,侵略者物質的消耗殆盡,實已無作戰能力;惟仍在做垂死掙扎、困獸之鬥而冀圖起死回生。乃有引進蓖麻,說是可煉成植物油以代軍用石油而供神風特攻隊使用;並引進蝸牛供肉類補給之用。該詩一則顯示侵略者之瘋狂行徑,一則寫出殖民地之悲哀,而其悲哀係為俎上肉,任人窄割著。

◎陀螺的記憶

「我有一個牛角造的陀螺送給你吧
請不要……」
那向我哀求的日本學童
那含淚的眼睛

我不用武力報復
好像我也有一種憐憫
一種惻隱之心
在心底躍動著
當原子爆炸的餘音遠播著
那遣送回國的前夕喲

我雖年幼，却也恍惚地
悟到了什麼

從此，我們將擁抱自己的祖國
結束了異族的鐵蹄
自島上的原野橫掃而過
我們在驚惶的記憶中

即使是孩童們的玩具
一個送給我的陀螺
也有民族的辛酸
也有歷史的血和淚

而每當陀螺離開了繩索
不斷地旋轉著
由強轉弱
由快轉慢

都會激起我童心般的好奇
耳畔彷彿又響起那逐漸消失的聲音
「我有一個最好的陀螺
那是牛角造的，請不要……」

　　〈陀螺的記憶〉在描述戰後，曾是耀武揚威侵略者婦女的可憐了，以及被侵略者以德報怨的惻隱之心，前後輝映的，正是二者的民族心態。

　　　　（曾刊 1982.12 笠 112 期／2011.12.01 改寫）

析陳寧貴〈嘔吐〉一詩

◎嘔　吐

有一天，他喝得酩酊大醉
但是却很快樂，因為
他可以趁機吐掉，吐掉平時
不敢吐的東西
睜開眼，天旋地轉
兩路旁的電線桿，向他
猛衝過來
踉蹌地倒退三步
閉上眼，清清楚楚地
聽到血液奔流在體內的聲音

醉了吧醉了，真的
他緊緊地抱住淒涼的夜色
他想嘔吐
吐出腸吐出肺
吐出不可說的絕望

於是撞入浴室
打開嘴巴打開胸膛
打開冰冷的水龍頭
他興奮地取出腸取出肺
一面唱歌一面洗著

　　〈嘔吐〉是一種生理現象的寫實，是一種經驗的描述；如果把該詩第二節「吐出不可說的絕望」與第三節「他興奮地取出腸取出肺／一面歌唱，一面洗著」抽離開，則更純屬一種生理現象、一種純經驗的描述。

　　當然把以上二、三節嵌入詩中後，仍不失為經驗的描述；惟該經驗的取得，則不一定是作者本身的經驗了，而也可以是一種經由他人經驗的傳述而獲得的知識了。

　　醉是一種忘我，亦即忘卻國家、社會的規範，以及家庭與個人的苦悶、憂傷，而回復到原始的自我。所以古人常說：「一醉解千愁。」

　　當然，以酒解憂愁，不能全是得到正向作用，亦即能忘卻憂愁；有時反而是「借酒澆愁，愁更愁」的反作用了，此為題外話。〈嘔吐〉所採之觀念是前者，意即一醉可解千愁。

　　陳寧貴〈嘔吐〉是在描述一種醉後嘔吐的痛快，而第一節「睜開眼，天旋地轉／兩路旁的電線桿，向他／猛衝過來／踉蹌地倒退三步／閉上眼，清清楚楚地／聽到血液奔流在體內的聲音／／」，是在描述「醉」的情態是一種生理狀態。

　　第二節「醉了吧醉了，真的／他緊緊地抱住淒涼的夜色／他想嘔吐／吐出腸吐出肺／吐出不可說的絕望／／」。亦

言嘔吐是一種醉後自然的生理反應狀態；惟已加入其他的因子，亦即在淒涼的夜色下，他想嘔吐，一則吐出腸吐出肺的，把醉後腸胃中的食物以生理狀態自然的反應而嘔吐出去。再則作者稱，吐出不可說的絕望，此言係心理狀態之描述，把內心裡的苦悶吐出為快。

　　第三節「於是撞入浴室／打開嘴巴打開胸膛／打開冰冷的水龍頭／他興奮地取出腸取出肺／一面唱歌一面洗著／／」，言嘔吐後的痛快感。作者用「撞入」浴室，表其急不可待之情，復以重疊的三個「打開」表其忙碌，並加重了「嘔吐」之嚴重性與期待性。

　　既經打開嘴巴，打開胸膛，並打開冰冷的水龍頭，一切準備就緒之後，於是他興奮地取出腸取出肺，盡情的嘔吐，把生理的胃中食物以及心理上的苦悶憂傷一併嘔出。所以他在浴室中「一面唱歌，一面洗著」，真是痛快的很了。

　　本詩作者在前言中，亦已表明嘔吐一詩帶有借酒裝瘋的意味存在，作者如此寫著：「有一天，他喝得酩酊大醉／但是却很快樂，因為／他可以趁機吐掉，吐掉平時／不敢吐的東西」。該詩收錄於作者最近結集之《商怨》集中。

（刊 1981 夏-陽光小集第 6 期／2011.12.02 改寫）

析蔡忠修〈貝殼有感〉

◎貝殼有感

雲外有雲

天外有天

飛上青天不見得見得到雲月

坐落沙灘撫摸貝殼私處

驀然

發現貝殼竟是白虎

哦！

我明白了

我明白了

世界原是一片潔白

　　蔡忠修的〈貝殼有感〉，富含禪趣，具有老莊飄逸之思。

　　該詩首言「雲外有雲／天外有天」，帶有天空是廣陌開

闊之意；次接「飛上青天不見得見得到雲月」，一則是否定

第一、二行的「雲外有雲／天外有天」，造成一種衝突感，

二則隱含著「久入芝蘭之室，不覺芝蘭之香」之警言。而後

再接「坐落沙灘撫摸貝殼私處」，係自冥思中回歸到自我的

現實世界，回歸到自我站立之世界裡。

　　而「驀然／發現貝殼竟是白虎」，則言自我之警覺、醒悟，這時恰與篇首雲月之潔白相連貫而最後得到一種啟示：「哦！／我明白了／我明白了／世界原是一片潔白／／」。

　　該詩通篇看來，是在言「久入芝蘭之室，不覺芝蘭之香」之警悟，亦即在言人不能只是貴遠賤近的，亦不能為那些容易觀察、看到的表象所迷惑。最重要的是：應先肯定自我，瞭解自我的環境，而後再及於其他。其理甚是淺顯，但該詩所造成的氣氛，在作者有意的以遠近、雲天月與貝殼之對稱上，在天上與人間之安排裡，舉頭可見的和私處的等之對照，構築了一首清新飄逸之氣勢，著實深具可讀性的。

　　該詩誠如陌上塵所評：「初讀此詩還覺不出什麼味來，再次細讀，甚而三次的品嚐，其甘芳之味不禁撲鼻而來，詩人之巧思在此顯露。」

　　〈貝殼有感〉收錄於蔡忠修所著第一本詩集《初啼》中。

　　（刊陽光小集 1981 秋季號／2010.12.02 改寫）

析和權三詩

　　好久沒有把《笠》詩刊好好的從頭到尾的看了，做為文藝工作者的一員，個人近來對詩的熱愛程度確實降低了一些。日前得空，把《笠》117 期粗略的看了一下，不覺要為和權的〈尺〉、〈衣架〉和〈剪刀〉三詩，講幾句話。

　　◎尺

　　　忙碌間
　　　大妹悄聲說
　　　你的青春
　　　越量越短了

　　　我想，妳又胡說
　　　這鐵尺
　　　已是　越量　越準

　　〈尺〉一首，在三首中是水準最高的一首，該詩在俏皮中帶著淡淡憂鬱感。該作品雖屬短小精幹之作，而對青春之逝的感傷，却在淡淡中逸出了。
　　詩分二節，第一節是「忙碌間／大妹悄聲說／你的青春

／越量越短了／／」。是描述在忙碌中，把青春歲月都忘掉了，而大妹一語驚人的提醒：青春是越來越短的了。該節一則在感傷青春無多，再則是在勉勵要好好把握住青春歲月。

第二節「我想，妳又胡說／這鐵尺／已是　越量　越準／／」，點出了對青春之逝，雖也覺得心驚，卻又無可奈何，只得否定大妹所言之事實為「胡說」，而以越量越準確，也就是變得越老成為說辭，以少一分就是少一分，準確無比的來搪塞，來自我安慰，其實其言外之意，對青春之逝，其感傷、憂鬱和焦慮，已是表露無遺了。此外第一節「越量越短」四字的相疊，相較於第二節「已是　越量　越準」，其「越量」與「越準」二辭之前，均加上空格，暗表有「放水」寬容自己之意，亦有「已為不準確」之含意，對字面涵意的「越量越準」也有所反諷，也就是說事實上已知青春短了，卻又「死鴨子硬嘴巴」硬是不予承認。

◎衣　架

著了華裳
風一掠，便
幌盪起來了

就怕街上的人
儘是抖擻的
衣架
沒有手足
沒有面容

而我呢
面對著鏡
忽兒一驚

四肢百骸，五臟六腑
怎會不見了？

　　〈衣架〉第一節寫著：「著了華裳／風一掠／便／幌盪
起來了／／」。這是一種事實的描述，也是點題。衣架掛上
衣裳，遇風當然晃動不已；其實作者更是在表露對人著了華
服就大搖大擺、目中無人的，就神氣活現的舉止的揶揄與厭
惡。所謂華服，指的就是大官服或大富翁服吧，甚或是掌權
的制服吧。

　　第二節「就怕街上的人／儘是抖擻的／衣架／沒有手足
／沒有面容／／」。此節承第一節對個體的揶揄與厭惡，作
者緊接著描繪對群體是衣架的恐懼感，並把衣架之為衣架，
更深入的解說為沒有手足、面容的東西；也就是沒有任何差
異性，都是刻板、制式、冷血的。

　　第三、四節「而我呢／面對著鏡／忽兒一驚／／四肢百
骸，五臟六腑／怎會不見了？／／」是對自我的反省與陶侃，
驚訝於自己也是衣架群中的一員，也是被自己所揶揄與厭惡
的對象。該詩在氣勢上，可見到有意象的跳躍性與擴延性。

◎剪　刀

少了一把剪刀
那塊布料
有什麼用

現在
銹
沒有來侵蝕

螺絲釘

還緊緊旋在那裡
快將生活
平舖起來
拿出心中至愛的
利剪
好好地，裁一件
最美最舒適的

衣裳

（～八三年稿於菲律賓）

　　〈剪刀〉前三節尚稱別出心裁。第一節「少了一把剪刀
／那塊布料／有什麼用／／」，讀來令人在心中自起疑問，

急欲知道其下文。第二節「現在／銹／沒有來侵蝕／／」，點出剪刀未銹，尚可使用。

　　第三節光是三個字「螺絲釘」，就令人懸疑了，不知作者要描述什麼？

　　而第四節是「還緊緊旋在那裡／快將生活／平舖起來／拿出心中至愛的／利剪／好好地，裁一件／最美最舒適的／／」，第五節是「衣裳／／」。四、五兩節是對螺絲釘的描述，其餘則點出：用至愛的利剪，把生活裁成最美最舒適的衣裳。

　　綜觀以上，和權在意象上之捕捉與經營是至為靈敏的。

（刊 1984.01.15 商工日報／2011.12.02 改寫）

文學、藝術與人文素養

個人之生命與人類生命之繼起

個人的生命是短暫的，所以古人才常有「壯志未酬身先死」或「秉燭夜遊良有以也」之嘆。而如何規畫人生，使生活自在如意並予身體力行就該是每個人都應思考的問題。

或許有人可以終日追逐名利、權勢並悠遊其中、樂在其中；但一般人限於生命短暫及才智有限，常會遇到障礙喪志，或到臨老臨終才後悔「到頭來又獲得什麼」，甚至感嘆獲得的比失去的還少，或正值青壯之年已蒙主寵召，徒留遺恨了。

相對於天地，人的一生不過是滄海一粒沙而已，相對於歷史，人不過是形同螻蟻而已；人之一生是短暫、有限的，人理該好好的去度過。

個人的生命是有限的，難道人類的生命就能長存嗎？

在 2005 年的耶誕節，日本因人口減少、人口老化的警鐘竟提早兩年而響起，也就是將有 2600 萬老人的照護、10 年不足 400 萬勞動力的缺口來臨，而這一響警鐘就敲醒了日本舉國啟動不老革命的共識——讓老人不老、讓人口不老、讓競爭力不老！

　　日本政府推動老人介護的強制險，宣布搶救勞動力，企業實施體恤方案，給員工時間、補助，希望藉以鼓勵生育；而民間社團也彼此交換「時間貨幣」，交換關注與勞務。

　　前日本首相小泉純一郎說：以 1996 年出生率與死亡率為準，到 2100 年，日本人口會從 1 億 2000 多萬降低至 4900 萬；到 3000 年時，將剩下 500 人；再到 3500 年時，將僅存 1 人了，這是多麼令人沮喪驚悚之事。

　　怪不得有一則新聞值得令人感動省思：日本街頭看得到的孕婦、小孩比以往少了很多，而曬太陽的老人已超過嬉戲的兒童了。有一位老人竟對公園裡玩耍的小孩子敬禮說：「謝謝你，謝謝你來到這個世界。」那則報導不知讓多少日本人欷噓不已的[1]。

　　在日本首相小泉純一郎的預測裡，係以以往的出生與死亡率之趨勢，假設將來的出生與死亡率不變的條件下推測出來的；如果日本人能覺醒而改變其出生與死亡的比率，則其趨勢當不至於那麼悲觀。

　　現在台灣的生育率比日本還要低，在十年後其人口也將開始減少，問題一樣是一籮筐，如不覺醒，其結果當如小泉純一郎般的悲觀了。而所謂的「覺醒」就是鼓勵生育，給與必要的生育補貼、優惠；協助其照顧、教育嬰幼兒；鼓勵外來青壯人口的移入；增加外來台灣母親之照顧與聯誼，使其融入台灣社會等，以提升其生育率，增加生產力。個人會死亡，人類的繼起生命也不一定能持續！何況人類過度的凌虐

1　〈不老革命〉楊瑪利、黃漢華、林孟儀。

大自然，哪天大自然強力反撲，是否仍是「人定勝天」，那是「天曉得」的事了；所以人類要繼續長存下去，勢必需要經援、扶助落後的、弱小的民族，並對破壞大自然的過度開發予以限制防止的，對過度的消費予以減省，而得延緩資源之耗竭等的。

人文素養之定義

「人文素養」之定義在尚未約定俗成時，其原始意義就是體現於其特定時代的背景之中。

在 17 世紀後，以笛卡爾為標誌的那些西方哲學家進入舉世公認的「認識論導向」、「我思故我在」的思想框架裡，而在 17 到 19 世紀成為整個歐洲的哲學主流，其「人文素養」顯著的內涵是高揚人的理性，人被視為是理性動物。

人文素養不是能力的表現，而是「以人為物件、以人為中心的精神」，其核心內容是對人類生存意義和價值的關懷，而這也是為人處世基本的「德性」、「價值觀」 和「人生哲學」了，科學、藝術和道德均包含在其中。

人文素養追求人生和社會的美好境界，推崇人的感性和情感，看重人的想像性和生活的多樣化。它主張思想自由和個性解放，係以人的價值、感受、尊嚴為萬物尺度，以人去對抗神，去對抗任何試圖淩架於人的教義、理論、觀念、進行中事業及預期中的目標，也去對抗所有屈服人身心的任何神聖的定義。

大致上說，我們把「人文精神」與「人文素養」等同使

用著。「人文精神」是「人文素養」的根本特徵。人類在歷次政治運動中，有許多受到主流社會所迫害的中上層人士，都多少曾受過來自下層社會群眾的同情和關照，而那些對落魄者不歧視、不加害的「草民」們，在那個把人文當垃圾的社會環境中，卻是真正具有人文精神的精英了。[2]

對人文素養一辭，林啟禎副教授曾簡約詮釋：「談到人文，應該包括文學與藝術，都是追求『真、善、美』的生命本質與人性關懷；而歷史是人類所有的生存演化經驗的累積，蘊涵的是透視時空的智慧與教訓；哲學則是在現實與理想之間的矛盾，提供主觀感受與客觀思考的依據。這不但是人史哲學專家才要探討的問題，更是每個人要學以當作人生的工具與法寶。」[3]

〈媽媽的帳單〉與人文素養

網路上有一則〈媽媽的帳單〉：

小明放學後，有時會到餐廳幫忙，招呼客人入座、點菜、收拾碗筷、算帳、結帳的。有一次，他突發奇想的開了一張帳單給媽媽，索取他在餐廳做事的酬勞。

幾天後媽媽收到帳單，上面詳細寫著：1.洗碗盤費 500元。2.掃地拖地費 200 元。3.送外食到顧客家 300 元。4.到郵局寄信件帳單 100 元。5.小明一直是勤奮聽話的好孩子 100元，合計 1,200 元。

---

2 〈人文素養的培養〉嚴長壽。
3 〈人文素養〉林啟禎／成大醫學院骨科副教授、成大醫院骨科主治醫師。

　　小明的媽媽仔細的看過帳單，她什麼話也沒有說。

　　晚上小明在他枕頭旁看到他所索取的 1,200 元的報酬。當他正自得意時，突然發現他的枕頭旁邊還放著一份帳單。那帳單上面寫著：小明欠媽媽如下款項：1.在媽媽家平安無憂無慮度過十年的生活費用 0 元。2.十年的食衣住行費用 0 元。3.學費、書籍費 0 元。4.生病時醫藥、照顧費 0 元。5.有一個慈愛的母親 0 元。

　　小明讀著那張帳單，突然他感到羞愧萬分！於是，他懷著忐忑的心躡手躡足的走向媽媽，將他的小臉藏進媽媽的懷中，並且小心翼翼的把那 1,200 元塞進她的圍裙口袋裡。（請原作者賜告大名以便列明出處）

　　這個溫馨故事對人文素養之啟示如下：在經濟社會裡，有勞動有貢獻就取得相對的報酬或代價，這是天經地義的事。

　　此外，在台灣社會裡，父母養育子女也是天經地義，是無償的、無怨無悔的照顧、培育；此與西方世界崇尚個人主義、訓練子女獨立自主、親情淡薄之觀念不同；對人類之發展，孰優孰劣是很難界定的，只能說是東西文化價值觀的不同了。

　　小明突發奇想開了一張帳單寄給媽媽，索取他在餐廳工作的酬勞，此與經濟社會裡有勞動有貢獻而得予取得相對報酬或代價，以滿足其經濟生活之需吻合，這在西方社會是被允許鼓勵的。然由於在台灣家庭傳統上，係無償的撫育子女，是任勞任怨的照顧子女，而既然父母對子女之愛是無私、無償的，那麼，子女也是家庭成員之一，無償的幫忙分擔處理家務或照顧家庭經濟來源，自也是應該的。

　　我們做子女的要記得，能享受家裡清潔的環境、三餐有

飯吃、衣服乾淨並不是父母的責任，而是家庭成員統統有份的責任。小明的媽仔細看過帳單後，本可在父母威權下把小明訓示一頓，可以去罵小明「不知好歹」，但小明的媽什麼話也沒說，她這種體諒、忍耐就是人文素養的表現。

而媽媽給了小明的帳單，在媽媽家平安無憂無慮的過了十年、食衣住行費用、學費書籍費、醫藥照顧費、有一個慈愛的母親等，統統記為 0 元的，則較「什麼話也沒說」的更具人文素養了，因為此除說明父母之辛勞與母愛之難得以外，亦可刺激提醒子女的感恩思維、增進孝道與反哺，並學習到回報與回饋的重要性，此自可提昇子女之人文素養，而且更具有教育意義。人文素養是不斷學習與提昇及實踐的，是永無止境的，是至死而後已的。

小明羞愧萬分，懷著忐忑不安的心將小臉藏進媽媽的懷中，並且小心翼翼的把那 1,200 元塞進他媽媽的圍裙口袋裡。小明這種知錯能改，回報母愛與退還費用的作為，自也是人文素養之表徵。

鳥籠與人文素養

詩人對同一詩題有時在不同的時間裡，會有不同的詮釋，詩人對同一的人事物景，有時也會有不同的詮釋。而同一個詩人對同一個人事物景之詮釋，有時也會演進的，只是不一定有特別的指明而已，但非馬的〈鳥籠〉詩題，則一而再的，再而三的使用、演進、修正、詮釋。其第一首的〈鳥籠〉如下：

打開
鳥籠的
門
讓鳥飛

走

把自由
還給
鳥
籠

　　非馬〈鳥籠〉蒐入在其第一部詩集《在風城》裡，1975
年出版。同年 12 月筆者曾為一文〈《在風城》的感受〉，其
中有言：非馬的詩，大致是詩短，其意象跳躍、機智、風趣、
挖苦；而在此處，個人以其詩中強烈的「思維的遊戲性」，
亦即詩之機智性，及其「圖畫性」，亦即景物的佈局，來舉
例詮釋之。

　　就「思維的遊戲性」來看：非馬《在風城》所收列各詩
題，概略來說，其中有許多詩篇係以極端對立在做一種思維
上的遊戲，讀來出其不意，令人錯愕、莞爾或者驚喜的了。

　　其詩篇通常係由平淡無奇起首的，係運用一種讓人墜入
「慣常性」思維的反應之後，再以「反慣常性」來敲擊人腦
的思維，讓人瞿然而驚，而對「慣常性」思維加以修正，而

達到一種詩的延展性與驚奇性。

而其中關於〈鳥籠〉一詩的闡述，筆者是如此寫的：在開頭是「打開／鳥籠的／門／讓鳥飛／／」；很顯然的，在慣常性思維上，我們會加上一個「走」字，加上這個字以後，我們又會聯想到鳥自由了的意象。

可是，非馬愚弄了我們的簡單思維，他寫著「把自由／還給／鳥／籠／／」。這個概念可以分成兩種，一種是把自由還給鳥和鳥籠；而另一種是把自由還給鳥籠。但不管是前者或是後者，其中任何的一種皆含有「籠」的概念存在；因此而使人想到為什麼「籠」會自由的了？

在慣常性思維上，一般皆是鳥飛走，鳥就自由了；可是非馬偏要說「把自由給鳥籠」！對其概念的反應，讓人突然一下子的驚訝的凝住了。

然而若我們稍加思索，我們不禁又要恍然大悟的，是呀，鳥與籠相就對二者皆非自由，一個是被關在裡面，另一個則負責監管；若是把鳥放走，讓鳥自由了，鳥籠不也不被桎梏於監管「鳥」的工作了嗎？而「鳥籠」不也自由了嗎？其後，又會牽引出鳥與籠的配合了，如此的在概念上的「鳥」與「籠」的分分合合，而真正的陷入一種「我見」之中，「一隻」鳥飛走了，「一只」鳥籠就清閒自由了。（詳見拙作本集非馬《在風城》的感受，P5 頁）

其後非馬又發表了〈再看鳥籠〉：

打開

鳥籠的

門
讓鳥飛

走

把自由
還給
天
空

　　然後，非馬三度詮釋鳥、鳥籠與天空的關係而發表了
〈鳥‧鳥籠‧天空〉：

打開鳥籠的
門
讓鳥自由飛
出
又飛
入
鳥籠
從此成了
天空

茲重新分析與詮釋如下：
以上三詩都是鳥、鳥籠、自由（天空）之關係，第一首

鳥籠為主體，鳥與自由為客體；第二首天空為主體，鳥與鳥籠為客體；第三首鳥為主體，鳥籠與自由（天空）為客體。

　　第一首「打開／鳥籠的／門／讓鳥飛／／走／／把自由／還給／鳥／籠／／。」其詮釋為：把鳥籠的門打開，讓鳥飛走，鳥籠既已無拘禁飛鳥之重責大任，自然也無拘無束輕鬆自由了。

　　而第二首「打開／鳥籠的／門／讓鳥飛／／走／／把自由／還給／天／空／／。」其詮釋為：天空原係任鳥自由飛翔之處，今把鳥關於鳥籠，既使天空想接納鳥之飛翔亦不可得，又如何表徵天空之有自由抉擇之權利。所以打開鳥籠的門，讓鳥飛走，鳥自然飛翔於天空，也是天空擁有接納鳥之飛翔自由，自為「把自由還給天空」。

　　再者，第三首為「打開鳥籠的／門／讓鳥自由飛／出／又飛／入／鳥籠／從此成了／天空／／。」其詮釋如下：打開鳥籠的門讓鳥自由的飛出又飛入，鳥已得自由的出入，鳥籠自非鳥籠而不具意義，而化於無形，鳥籠不再具有拘禁、阻隔、控制之意象，當然也成了鳥得以自由飛翔的天空的一部分。

　　就三詩之演進來看：第一首，「打開鳥籠的門」係讓鳥籠不妨礙他人的自由與該有的權利，而「讓鳥飛走」係讓鳥有自由選擇之權利，至於「把自由還給鳥籠」則是還原鳥籠初始原有之狀態，均與人文素養之理念吻合，惟格局係個別的鳥、鳥籠、自由。第二首之格局較大，天空已涵括鳥與鳥籠，但天空之自由權利係被動由他者歸還，天空本身並無自由選擇之權利。而第三首之天空，內涵「空無」之概念，與

老子或佛學之「人空、心空、法空、空空」吻合,格局最大,已成大我、萬物一同或世界大同之情操。但就人文素養來看,已非個體關係,而是超越人文素養之「大同博愛」世界。

而詩中之鳥與鳥籠之概念,除指鳥與鳥籠外,亦可譬喻人民與鐵幕、部屬與長官、妒夫與貞妻等之關係,不予贅述。

此外莫渝在〈冷視與微雕的詩人——讀非馬的詩〉說:在現實情境裡,鳥、籠與自由三者間存在著可相依又對立的關係。籠子因關鳥才具實質存在的意義與價值。詩人(指非馬)擺脫了常人的固定模式,取逆向思維,撇開功利,闡釋古中國哲學家老子的道家審美觀點,保持籠子的「無」,讓鳥離籠,恢復籠的「空無」,在他看來,「空無」就是自由。又說:事隔二十餘年,非馬重新審讀這首詩:「當時頗覺新穎。今日看起來,仍不免有它的侷限。因為把鳥關進鳥籠,涉及的絕不僅僅是鳥與鳥籠本身而已。」因而以詩題〈再看鳥籠〉,將末兩行的單字改為「天空」。事情並未了結,又五年後,非馬再次提出〈鳥·鳥籠·天空〉。[4]

亞瑟王的故事與人文素養

年輕的亞瑟王在與鄰國之戰中被俘虜了。鄰國的王妃看到他是一個很英俊瀟灑的人,不忍殺害他;遂提出一個要求。

那個要求就是要他在一年內,回答她所提出的一個問題。如果答應這個條件,他就可以暫時的走人;但是如果不

---

4 《台灣詩人群像》莫渝。

答應這個要求，他就要被終身囚禁著了。

　　而如果在一年內，他能找到一個讓她滿意的答案，那她就放了他；而如果到時他仍找不到讓她滿意的答案，那麼他就要自願回來領死。

　　那王妃的問題是：「女人最想要什麼？」

　　亞瑟王回到自己的國家，雖經一再請教他的智者、母親、妹妹等的，卻就是找不到滿意的答案。後來有一位謀士告訴他，他可以去請教一位神秘的女人；但那位女人的個性是喜怒無常的。

　　直到限期到來的前一天，亞瑟王仍然找不到答案，所以他只得無奈的跟著隨從去找那神秘女人了。而那女人似乎也預知他會要來造訪的，馬上就提出價碼說：「我保證給你一個過關的答案，但是要以葛溫娶我為妻做條件！」

　　葛溫是何許人？葛溫是當時武士中最英俊瀟灑的騎士，他也是亞瑟王最要好的朋友。

　　亞瑟王打量著眼前這位醜陋的神秘女人，心想這種天壤之別的樣貌如何能匹配呢？又想到決不能因為自己想要活命，就讓最英俊瀟灑的騎士的後半輩子和這個醜陋的神秘女人配在一起共同生活，當下他決定不能賣友求生，所以他就拒絕了她的要求而準備去領死。

　　可是，當隨從把他當天的狀況告訴葛溫，那葛溫有感於亞瑟王對待朋友的義氣，就決定要犧牲自己解救亞瑟王。於是葛溫就偷偷的去看那位神秘女人，並且答應娶她為妻。

　　而那位神秘女人也言而有信的提供她的答案，她說：「女人最想要的是主宰自己的一生。」

　　亞瑟王帶著這個答案去見王妃，王妃很欣然的接受他的回答，所以亞瑟王就被釋放了。

　　亞瑟王回國以後，葛溫和神秘女人就舉行了很正式的盛大婚禮。亞瑟王看到他的朋友為自己做了這麼大的犧牲，傷心得簡直痛不欲生。

　　但是，葛溫卻仍保持著他的騎士風範，他把新娘子介紹給大家。同時在洞房花燭夜裡，他也依照習俗溫柔的把新娘子抱進新房裡，而那神秘女人卻羞澀的轉過頭去。

　　等他把她放在床上時，葛溫赫然發現他的新娘子突然變成一位容光煥發、美麗溫柔的少女了。

　　葛溫驚訝的問：「這是怎麼一回事呢？」

　　神秘女人說：「為了回報你的善良和翩翩君子風度，我願意在這良辰美景之時，恢復我本來的面目；但是我只能以溫柔的美少女出現半天而已，而在另外的半天裡，還是要回到令人厭惡的醜陋的面目裡去。」

　　「不過，親愛的，你可以選擇在哪個半天裡，我是以美少女的面貌出現，你說了，我一定會照做。」

　　葛溫想了一想以後，他以堅定的口吻說：「親愛的，我覺得選擇以後的結果，對妳的影響比較大，所以妳才最有資格去做決定。」

　　神秘的女人說：「親愛的，全世界就只有你最瞭解女人最想要的了，她們最想要的就是能夠主宰自己的一生，所以我要一天 24 小時都恢復成美麗的少女來報答你。」或許可以這麼說吧，女人最想要的應該就是找到一位凡事懂得尊重自己的男人了。

　　這個美麗的故事，對人文素養的啟示：故事係以口語或文字在流傳，該故事本身就是文學創作，為人文素養之素材。

　　而其「女人最想要的是主宰自己的一生」，那就是人文素養最重要理念，要自己「受尊重、不受壓迫」。此外也要設身處地尊重他人不壓迫他人。

　　而且這個故事本身美麗的情節，又具有教化向善向上、撫慰心靈、美化人生之功能。

　　而「亞瑟王打量著眼前這位醜陋的神秘女人，心想這種天壤之別的樣貌如何能匹配呢，又想到決不能因為自己想要活命，就讓最英俊瀟灑的騎士的後半輩子和這個醜陋的神秘女人配在一起共同生活，當下決定不能賣友求生，所以他就拒絕她的要求而準備去領死。」以及「葛溫有感於亞瑟王對朋友很有義氣就決定犧牲自己」，此種不賣友求生、不犧牲朋友，以換取自己的生命或者是肯為朋友犧牲的精神，就都是人文素養的內涵。

　　亞瑟王守諾言的回去見了王妃、「神秘女人也言而有信的提供了答案」、「王妃欣然接受後，也就守諾言的釋放了亞瑟王」等，此種重然諾的精神，也是人文素養之一。

　　「回國後，葛溫和那神秘女人舉行了正式的盛大婚禮，亞瑟王看到朋友為自己做這麼大的犧牲，傷心得簡直痛不欲生」的那種自責，也是惕厲自己為朋友設想的表現，這不也是人文素養的表現嗎？

　　而「葛溫保持著騎士風範，把新娘介紹給大家」、「洞房花燭夜，葛溫依照習俗溫柔的把新娘抱進新房裡」，這種把對方當人看待，不以外貌取人的作為，自也是人文素養的

修養。

　　神秘女人說：「為回報你的善良和君子風度，我願意在這良辰美景裡恢復本來的面目；但是我只能以溫柔的美少女出現半天，而另外半天還是要回到令人厭惡的醜陋面目。」又說：「親愛的，全世界就只有你最瞭解女人最想要的就是主宰自己的一生，所以我要一天 24 小時都恢復成美少女來報答你。」以上二種作法均屬感謝而回報的心理，都是感恩，也都是人文素養的內涵。

　　而神秘女人說：「你可以選擇哪個半天裡，我是以美少女出現的，你說了，我一定照著去做」；葛溫想了一想以堅定的口吻說：「我覺得選擇的結果對妳的影響比較大，妳才最有資格做決定。」以上之謙讓、尊重、選擇，也是人文素養的一環。

　　簡單的說，以上那些深具優良品德與情操之作為與觀念，均屬人文素養範疇。也就是說，人文素養是在培養個人之優良品德與情操並予以實踐。而所謂優良品德與情操，總結起來就是一個「愛」字而已，就是真誠的愛，無私的愛。

　　人在社會化的生活中，常會面對個體化的關愛；個體化的關愛是設身處地為某個生命的權利進行真誠的理解，並為其作最有利的選擇。

　　由於有人文關愛，才能使人脫掉醜惡的外衣，把美麗長留在人間。而真誠的愛，使神秘女人不再神秘，也使生命中久被壓抑的真善美綻放出來！

　　愛固為自私的，但當社會中充滿了人文精神，那麼其愛卻是一種超越自私的愛了。

誰都愛生命、愛自由，但人文精神的愛卻不以犧牲他人利益為代價！人文精神、人道主義和人文關懷，會讓這個世界充滿了愛、溫馨、溫情、犧牲奉獻精神，而這一切的努力，都將凝聚成一種動力，讓這個世界更為美好；而屆時這個世界也會回報人類一個更善良美麗的世界了。

盛噶仁波切〈我在等你說謝謝〉與人文素養

有一輛高級轎車從度假村出來，卻在泥道上拋錨了。身穿名牌衣服的車主焦急的對著圍觀的人喊著：「你們有誰願意幫我鎖一下螺絲？」

原來他的高級轎車的油管出了問題，油已漏到地面了，而離那最近的加油站還有上百公里的路程，難怪他要急得像熱鍋上的螞蟻。

有個在他身旁的妖豔女子說：「重賞之下，必有勇夫！」於是他趕緊掏出一張大鈔說：「誰幫我鎖緊了螺絲的，這錢就是他的了！」

圍觀的人群裡，有個小夥子動了一下，卻被他的同伴拉住了，那個同伴說：「別相信有錢人的話！」

這時只見有個小孩子走了過去，他說：「我來。」操作其實很簡單，那個小孩子在那個車主的指揮下，不到一分鐘就鎖好了螺絲。那小孩爬了出來，然後他就用期待的眼神看著那個車主。

車主剛想把那張鈔票遞給小孩的時候，卻被那妖豔的女人喝住了：「你還真給他呢？給他一點零錢就好了！」那車

主從女人的手裡接過零錢來要遞給小孩，可是小孩卻搖了搖頭。

這時只聽見人群中有噓聲，那車主以為小孩嫌錢少，所以又加了一點錢，可是小孩還是搖著頭。

這時那車主有些生氣的說：「你嫌少？再嫌，錢都不給了。」

「我沒有嫌少，老師說，幫人是不要報酬的！」小孩說。

男人很納悶的說：「那你怎麼還不走？」

小孩說：「等你說謝謝呀！」

看到這個故事，我突然覺得人與人之間的誤會是挺可怕的。同樣的舉動，當事人看的是這樣，別人卻看的那樣。好在言語的使用為人與人間的誤會建立了溝通的橋樑；但是，言語真能解釋得清楚嗎？不會有誤會嗎？或者所有的人都願意用言語來消除誤會嗎？

有人曾對我牢騷過，說社會的陰暗面似乎都被他遇到了，他遭人猜疑、妒忌、誣告、打擊，而那些誤會和謠言根本就是空穴來風，可是仍有許多的人在談論著。我對他說，那其實是因為人們的心裡還有太多的自我存在，只以自己一知半解的所見或所聽而來的，便斷然的做了判斷。

對此我覺得不要放在心上的，因為謠言止於智者，如果你始終如一的做你自己，總有一天與他們的誤會自會消除的。

而若有人存心造你的謠，我勸你平心靜氣的對待他，如果你能以感恩的心對待誤會過或害過你的人，畢竟那些人是由於注意到你才生出這種是非，而這些注意無論有多少的負面，有多少誤會，你都該感激的，是他們讓你不能放鬆自我，

而要時時警惕自己的所作所為。而且我相信，如果你真以寬大和博愛的心去看待那些人與事，你所看到的也一定是陽光明媚而不是陰暗冰冷的世界。

人與人間存在著誤會已是可怕的事，而以一顆絕決冷漠的心來對待那些誤會，那更是可怕的事。誤會可怕，說穿了就不可怕了。但把所有的誤會都積在心裡，嘴上不說，心裡卻怨恨著，這樣對人對己都沒好處。[5]

若以人文素養來看：

他身旁妖豔的女子說：「重賞之下，必有勇夫！」於是他趕緊掏出一張大鈔：「誰幫我鎖緊螺絲，這錢就是他的了！」其事先以大鈔期約，此為把他人都當成銅臭、無人文素養之人，所以以大鈔賄賂之人也不具人文素養；惟如係事先不以金錢賄賂，而於對方將事情完成後再予以酬謝，則係答謝其協助，而就事後的答謝來看，則此付大鈔之人為具有人文素養之人，因其係「知恩感恩報恩」。

圍觀的人群裡有個小夥子動了一下，卻被他的同伴拉住：「別相信有錢人的話！」那同伙的拉住及其「別相信有錢人的話！」之言。此「小夥子動了一下」，為有幫忙之衝動，足見此人具有「幫忙他人」之人文素養；而妨礙他人去實踐「幫忙」之人，就不具人文素養了，而其「別相信有錢人的話」，也為偏頗之觀念，疏離對人之信任，當然非具人文素養了。

而「這時只見有個小孩走了過去，說：『我來吧。』」

---

5 〈我在等你說謝謝〉盛噶仁波切。

那小孩願意幫忙，可見那小孩為具有人文素養之人。

　　「操作很簡單，小孩在那人的指揮下不到一分鐘就鎖好了，爬出後他就用期待的眼神看著那人。男人剛想把那張鈔票遞給小孩時，卻被那妖豔的女人喝住：『你還真給他？給他一點零錢就好了！』男人從那女人的手裡接過來零錢遞給小孩子，小孩卻搖搖頭。這時聽見人群中有些噓聲，男人不好意思的又加了一點錢，小孩還是搖搖頭的。男人有些生氣的說：『你嫌少？再嫌，都不給你了。』『不，我沒嫌少，老師說，幫人是不要報酬的！』男人很是納悶：『那你怎麼還不走呢？』小孩子說：『等你說謝謝呀！』故事裡那男人的心是現實的、世俗的、醜惡的；而小孩子的心則是健康、快樂、人文的。二人的觀念截然不同，所以需要一再的推究，方能得知其真意。歲月讓人世故、現實，已無樂觀、助人、感恩之心了，此實足你我檢討改進的，要如何而才能培育自己的人文素養、增進自己的人文素養。

〈謝謝媽媽〉與人文素養

　　以生物學來看，人是媽媽生的，或許不久會有毋須受孕，也毋須於子宮裡培育的「人」產生，如同「無性胚胎幹細胞」之分裂繁殖，但至少迄今為止，人還是要經過母親懷胎十月生下來的。

　　人類之家庭制度原為母系社會，後因男性之體力與戰鬥力高，且母性在懷孕時是最脆弱的，所以其主導權才落入男性手中。

即使迄今的，世界上仍有英女王或母系社會之存在，而昆蟲界之母蜂、母蟻、母螳螂，其權威性、兇悍性，豈是雄蜂、雄蟻、雄螳螂可望其項背。

或者再談未來的「無性胚胎幹細胞」之繁殖吧，其先決條件仍需有卵子先存在的，再靠卵子之 DNA 遺傳。

網路上也有一篇，歌頌母愛對子女無怨無悔的照顧犧牲之偉大，而子女做為一個獨立個體，希冀早早脫離母親之照顧、保護而能長大成人之文章，讀來令人不勝欷吁。所以人對媽媽都應有一份特殊感情存在的，此感情超乎人文素養，而是該要「一輩子緊緊守住她們，假若沒有她們，生命將頓時失去意義」的自覺。

網路上之〈謝謝媽媽〉一文如下：

當妳來到這個世界，她以手臂輕輕的抱著妳，妳則以哭得像妖怪的聲音來謝謝她。

當妳一歲時，她餵妳也替妳洗澡，而妳則以長夜大哭來謝謝她。

當妳兩歲時，她教妳走路，妳不會謝謝她；而當她叫妳來，妳會溜得特別的快。

當妳三歲時，她滿懷愛心的做飯給妳吃，妳則以灑了滿地的食物來謝謝她。

當妳四歲時，她教妳繪畫，妳則以滿房間的亂塗亂畫來謝謝她。

當妳五歲時，她將妳打扮得漂漂亮亮的，妳則以噗通一聲的跳到池塘的泥淖裡來謝謝她。

當妳六歲時，她帶妳去學校，妳則以尖叫：「我不去。」

來謝謝她。

當妳七歲時，她給妳一個棒球，妳則以打破鄰居的窗戶來謝謝她。

當妳八歲時，她給妳一個冰淇淋，妳則以滿嘴的奶昔來謝謝她。

當妳九歲時，她讓妳去學鋼琴，妳則以不曾練習來謝謝她。

當妳十歲時，她整天載著妳去體育場踢足球以及參加一個又一個的生日 Party，而妳則以頭也不回跳出車外來謝謝她。

當妳十一歲時，她帶妳和妳的朋友去看電影，妳則以要求坐在不同排來謝謝她。

當妳十二歲時，她警告妳不要看某些 TV Shows 時，妳則以等她離開時偷偷的看來謝謝她。

當妳十三歲時，妳正值青少年時期，她建議妳剪個髮時，妳則告訴她，她真的一點品味都沒有來答謝她。

當妳十四歲時，她讓妳去參加夏令營活動，妳則以忘了寫一封家書來謝謝她。

當妳十五歲時，她工作回來並期待妳給她一個擁抱，妳則以房門的深鎖來謝謝她。

當妳正值二八佳人時，她教妳如何的開車，妳以盡可能到處去冒險來謝謝她。

當妳十七歲時，她正在等著一個重要電話，而妳則以徹夜不斷的電話打屁來謝謝她。

當妳十八歲時，她讓妳去受高中教育，妳則以外宿到天

明來謝謝她。

當妳愈來愈大，妳已經十九歲，屬於亭亭玉立之時，她讓妳去唸大學，她帶著妳的行李載著妳去學校，妳則以在宿舍門外下了車，妳深怕她讓妳在朋友的面前蒙羞，妳以趕緊說聲「再見」的方式來答謝她。

當妳已二十歲時，她問妳是否有約會，妳則以「那不關妳的事」來回敬她。

當妳二十一歲時，她建議妳為妳自己的未來找個好工作時，妳則以「我才不想像妳一樣」的口氣來謝謝她。

當妳二十二歲時，她在妳的畢業典禮緊緊的擁抱著妳，而妳則問她「是否要付錢讓妳去歐洲遊學」來謝謝她。

當妳二十三歲時，她替妳的新公寓買了一個傢俱，妳則告訴妳的朋友「它實在醜得不像話」來謝謝她。

當妳二十四歲時，她問妳有關妳的經濟及未來的計劃時，妳則是拖長聲音回她說：「媽──，妳也拜託一下好不好。」

當妳二十五歲時，她資助妳的婚禮並高興的哭著對妳說：她有多愛妳。妳則以搬離半個國家的距離躲避她來謝謝她。

當妳已三十歲時，她跟妳說她想要有個孫子時，妳則是非常謝謝的跟她說：「時代不同了，世事皆非了。」

當妳已四十歲時，她提醒妳要記得一個親人的生日時，妳則謝謝她：「我現在真的真的很忙。」

當妳五十歲了，她的身體不適而且需要妳多多關心她，妳則是以自己已是深責重任的父母來回謝她。

　　然而，忽然有一天她死了，妳則發現妳卻從未替她做到任何的事情！

　　讓我們花些時間為我們所稱呼的「媽」付出一些對她的關心，儘管有些人可能無法對他們的母親說出他們很愛她；但她是無法取代的，她是獨一無二的。

　　在感情上，她也許不是妳最好的朋友，她也許有些想法真的與妳有很大的不同，但她仍是妳的母親呀！她總是喜歡聽妳訴說，那些妳的喜怒哀樂的芝麻綠豆小事；但請問問妳自己吧，妳可曾有花足夠的時間去陪過她嗎？聽她說她在廚房裡的困擾及疲勞嗎？

　　如果妳以貼心、愛心、尊重來對待她，妳就會發現妳看到了不同觀點，相較於妳以往的懵懂。如果一旦錯失了她，妳將只有美好的回憶來陪伴妳了，同樣的也會遺憾著過去的歲月了。不要將妳最貼心的人所做的事視為理所當然，請一輩子緊緊守護住她，假若沒有她，妳的生命將會頓失意義。

佛教之生死觀與處世哲學

　　從人文素養、人文思想、人道主義來看佛教、基督教、天主教及回教等四大教義，似以佛教最為崇尚人文、人道與自然的了，也最為珍惜萬有的生命。

　　以下介紹恒實恒朝法師對佛法之鑽研，對人世與生命之開示。法師說：世上形形色色，瞬息萬變像演戲。菩薩了知諸法如戲劇，所以要與旁人分享捨妄歸真的秘密法門，那就是「人空、心空、法空、空空」。

　　宇宙萬有，包括我們的身心，皆非可常駐久存的，無論執取哪部分，終會作繭自縛、自遺憂戚的。此無非指明一切生命都是無明和慾念的結晶體，既無實性亦無自性，均是建立在「我」和「我所」的妄念上而已。

　　沒有自我，誰還會憂慮，誰還會痛楚，誰還會爭第一？

　　我是誰？我的身體只是暫借的，眨眼工夫復歸四大；無論我如何珍惜，也不能阻止其敗壞。

　　在十八世紀法國哲學家笛卡爾曾說：「我思故我在」；但是我的思想比起我的身分反而更加虛幻，更加的如同朝露、暮靄、微風。

　　自性內涵一切的法門，自性原本清淨，諸法平等，但因一念無明，依真起妄，才生出分別。一切病源於貪欲，欲念一來，自私心、貪心就如影隨形了；貪心是大毒，能毀滅整個世界。貪心策源於自我意識的妄念。

　　一切唯心造，而今人最大的毛病就是「金玉其外，敗絮其中」。而修道，便是返本還原、返妄歸真[6]。

　　此處引介法師所言，無非在說明個人的生命有限，毋須執拗在「我」和「我所」的妄念上，自無你我他之別，也不會有貪欲；所以一切的逢迎拍馬屁、口是心非、虛情假意、長袖善舞、趨炎附勢、欺負弱小、燒殺擄掠等不具人文素養之惡習均將有所不為了。果如此，則人文素養、人道主義已油然而生深植心田了。

　　此外，佛家有說：「到你死的時候，你必須捨棄一切。

6　〈修行者的消息〉恒實、恒朝法師著。

在活著的時候，為什麼不能這樣呢？」有隻膨風的黑鵝，聽到這句話，就說那就叫他把財產統統捐出來好了。其實所謂的捨棄一切，就是捨棄親情、財物、愛、恨、痛苦、悲悽、快樂、生命等的，包括一切有形與無形物，而其內涵即為凡事看開一點、退一步想、不計較不比較、多多行善積德，也就是豁達處世、積極回饋社會人群之意。

散財濟人是回饋社會，吻合人文素養、人道精神；惟善心人也不是說非要財物統統善出，而違害自身生命的安全，才叫做有善心之人。

生命可貴，除非是捨命救人，否則還是要考慮自身生命安全；何況沒有生命，以後何來行善積德呢。

有些大企業捐出大筆財富成立財團法人基金會，依其章程進行各種慈善、教育或文化等活動來回饋社會；很多媒體竟會以先知之態，負面的大肆報導省了多少遺產稅，模糊了善舉，實為譁眾取寵，冷血、不智、不道德之舉。

試問，那麼一大筆錢如不捐出，既使贈與稅扣最高級距，也還有半數可自由花用，而今將之捐出，吾人實應給予鼓掌、祝福、效法。再說，那些譁眾取寵的媒體及媒體人又做了多少善舉。

人文素養之提昇

台灣有三百多年歷史，是操之在他人手中，也有數十年坐困愁城但求生存下去的血淚經驗，想能自在如意的生活，那是緣木求魚了。

　　但是，如今台灣的經濟與科技並駕起飛著，在思考突破封鎖困境之際，許多有識之士發現我們欠缺的不是經濟能力而是道德勇氣，欠缺的不是信心、決心而是人文素養。

　　代表台灣電腦科技龍頭的施振榮先生，早期之雄心是建設台灣成為「科技島」，過沒幾年後，在形而下的目標接近達成之際，他立刻修正為「人文科技島」；不過，第一個目標看似艱困，但卻是有形且可以努力得到的，第二個目標說得容易，卻是無形而困難重重的。

　　人文素養並非與生俱來，如何的提昇，就個人來說，最重要的就是學習與鑑別了；而且即使人文素養有普世價值與共通性，但因宗教信仰、生活習慣、禁忌、忌諱等的不同，對個別人文素養之作為，就應視對象而有不同的。

　　簡單的說，供給飲食給饑餓者係人文素養的表現，但提供豬肉請回教徒去食用，那就大可不必了。其次，就是讓自己過得愉悅，活出自己的特色，人文素養就會提昇的。

　　所謂人文素養，不是一定要學習很多才藝，而其培養是可以從客觀分析世事、體諒別人以及走進圖書館做起的。

　　培養人文素養就是要走進文學區裡去找一本書，直到你發現自己和它有了共鳴。你對所有的事情都不再以為有『絕對』的答案存在；你的行為開始與思想一致；你不做不理智、違反內心意願的事。你對不合理的事說出你的感受，你去分析如何達成，你知道如何生活才愉悅。而如此一來，你的人文素養就會慢慢提昇，如果你強迫自己一開始就去看音樂劇什麼的藝文表演，你只會煩心而已，所以要多從平常的事做

起，不要刻意的去培養，而是要自然而為的讓自己接受改變。

英代爾總經理陳朝益說過：人沒有人文思考、人文素養時，就只是一個機器人，欠缺生活品質的富裕度與豐富性（richness）。

物質富有，遠不如心靈富有來得重要。那些從事高科技的人都很忙，他們的支撐力量就是其生命力，生命的豐富性和人文深度了。

他說：我的生命之旅常會有幾句話鼓勵自己，那就是：第一、是學習，學習是一種態度，對自己的投資要毫不吝嗇，特別是在買書那一方面。第二、是規劃許多時間去讀書，為求效率，會找恬靜茶藝館，給自己很好的 quality time 去讀書。而讀書就是讀者與作者的對話，重點不在讀，而在思考這本書代表什麼意義，要懂得反饋（feedback）。讀書要重質不重量，要告訴自己讀完這本書，對自己的生命與行為的思考模式會有多大改變，進而增強自己的生命力。要上網去訂購明天才要出版的書，要走在時代最前端，要不斷的跟著時代腳步前進。還要懂得去學習，懂得自己到底是要什麼。

讀書並非最重要，最重要的是思考，因為在思考過程，你會對自己承諾去改變行為。讀書最重要的是吸收書本裡的東西而變成自己的。

有人生導師可以廣開自己的視野：另外，在學的人要多參加社團活動或找尋人生導師。

要請人生導師多多的給自己意見；在不同的階段裡需要有不同的人生導師（mentor）。還要有一輩子的老朋友，以相互淬勵：透過多元學習 network，與趣味相投的人連結在一

起，這些人對你的人生會有很大幫助。

　　社會是在不斷變化，所以必須掌握思考邏輯的精準度；但思考邏輯也在不斷改變，所以真正要掌握住的就是學習，隨時充實自己的智能，提昇自己的人文素養。

　　有一所小學校，他們教導學生欣賞人生藝術的沉靜與美好；要學生懂得感恩、回報，而此就會讓他們找到最重要的人生價值了，而這也將是他們此生最重要的資產了。

　　台灣是過動的社會，任何事情一發生馬上會引起大家的騷動；但人們每每是在盲目的追逐，所以就沒有時間去思考，並且更不可能沉澱自己的心而培養出優雅的氣質。

　　談到優雅的氣質：首先要學會「安靜」，我們初次認識一個人，對那個人的第一印象就是對方的氣質，而氣質來自其內涵。《大學》有云：「知止而後能定，定而後能靜，靜而後得安，安而後能慮，慮而後能得。」這算是最精闢的見解了。

　　其次是要認知有些事情是無結果的，現代人太重視「立即性」，什麼都是越快越好，卻忽略了人生有很多的事是不需要有「結果」的。

　　培養藝術欣賞、愛美，怎麼可能在短時間內看得到「結果」呢？朱光潛先生說過：「美感的世界是一個純粹意象的世界，欣賞藝術是從實用世界走向理想世界，也就是沒有利害關係的世界。」

　　當人有利害關係時，你怎能會有平靜的心去欣賞呢？因此在每個人的內在心理都應該有些是超越利害、不求回報的，如此才能從另一個領域去發現到自己，去找到讓自己能

安靜的境域。

　　要讓藝術約束我們內在的躁動：現今台灣社會裡，要讓每個人都對生活感受到滿足，如果其滿足是來自於「物質」方面，那真的很難；但如果從小培養他在「精神」方面的需求，讓孩子們從小懂得音樂、懂繪畫或愛看書，讓一個計程車司機下班後願意回家去聆聽 CD、讓一個泥水工在假日裡會用彩筆畫出他的生活環境，那就是可以用最少的錢讓大家站在同一立足點而得到滿足。而此就有賴於領導階層、社會教育各界有此體認，願意以身作則站出來呼籲，撇開利害關係回到安靜的精神層次；培養人文素養，雖然儘管看不到立即價值，但在無形中每個人都將獲得無價的資產。[7]

藝術工作者及鑑賞者與人文素養之關係

　　有人文素養的人不一定有文學或藝術素養，但培養文學或藝術素養卻是踏進人文素養的捷徑，有助提昇人文素養。

　　有文學或藝術素養的人，其創作或鑑賞力固係具有人文素養，但並非具有文學或藝術素養的人就很有人文素養。

　　文學含括詩、散文、小說等範圍，藝術含括音樂、繪畫、舞蹈等，其創作之作品或鑑賞力並非物資之生產改良，既不能當飯吃，也不能當衣穿，但是卻可以使人獲得在精神上、心靈上的滿足，而欣賞領略文學與藝術之美也是可以使我們愉快的。

---

7 〈人文素養與生命深度〉英代爾總經理陳朝益／成大電機。

　　以文學中的詩來看，成大黃永武文學院長在其著作《詩與美》之〈詩與生活〉，就提出詩具有使人「脫離實用關係去欣賞生活」、「提供心靈以悠閒的片刻舒展」、「點化自然現實為藝術的美景」、「以一種新的思考角度給人警悟」、「改變習慣性的語言給人喜愕」、「藉共鳴作用帶給心靈以宣洩與慰藉」、「藉同化作用感到賢哲與我同在」、「藉移情作用感到人與自然一體」的作用[8]。

　　你去欣賞領略詩，從其作品，去欣賞、品味、學習與吸收，你就可以逐漸強化你的人文素養；同樣的你去創作作品、學習、欣賞其他的文學或藝術，其效果是同樣的。人文素養除係積極表現於作品以外，個人之人文素養則著重於付諸實踐，因之常是個體對個體的感受，而個體之感受亦常因人而異，所以人文素養是具有容納性，亦具有可變性。

（2007.10.26）

參考資料

註一：〈不老革命〉　楊瑪利、黃漢華、林孟儀
註二：〈人文素養的培養〉　嚴長壽
註三：〈人文素養〉　林啟禎／成大醫學院骨科副教授、成大醫院骨科主治醫師
註四：《台灣詩人群像》　莫渝
註五：〈我在等你說謝謝〉　盛噶仁波切

8　《詩與美》黃永武／曾任成大文學院長。

註六：〈修行者的消息〉　一九七九年五月至七月／恒實恒
　　　朝法師著
註七：〈人文素養與生命深度〉　英代爾總經理陳朝益／成
　　　大電機
註八：《詩與美》黃永武／曾任成大文學院長